財務捜査官 岸一真

マモンの審判

宮城 啓

幻冬舎文庫

財務捜査官　岸一真

マモンの審判

プロローグ

一二月　ロンドン

キーボードを叩き、ユーロネクスト・パリ証券取引所の値動きを見る。担当する買収ファンドのターゲット企業の株価は無風。何の動きもないことが、逆に何かの前触れのように思えてくる。どこで仕掛けるかが考えどころだった。がしかし、頭の中の黒い霧は一向に消えず、思考が中断し考えがまとまらなかった。これではＭ＆Ａコンサルティングは務まらない。岸一真《きしかずま》は深いため息を吐き、椅子の背にもたれかかる。

黙々とパソコン画面と格闘するいくつもの同僚の背中が、デスクサイドパネルの向こうに連なっている。

三五階から眺める空は、今日も灰色の雲に覆われていた。シティの冬のうっとうしさには慣れそうにない。岸はこの暗い空を見るたびにそう思うのだった。

メールの着信に気づき、受信ボックスを開く。送信元の名前を見て、岸はちっと舌打ちした。

〈岸さん、話が違うじゃないか。なぜ私が役員を辞めなければならない？　私はあなたの言う通りにやってきた。あなた方のファンドの買収に賛同し、社長解任の票集めにも協力した。それなのに、買収が成功したとたんなぜこんな目に遭わなければならないんだ。あなたが裏で糸を引いていることはわかっている。会って話がしたい。少しでもいいから時間がほしい。これまでの経緯を考えれば、私を無視することはできないはずだ〉

そこまで読んでメールを閉じようとしたが、思いとどまる。

能力のない者に限って会社にしがみつく。そんなウジ虫のような奴に用はない。が、逆恨みされても面倒だ。それなりの受け答えをしておくのが無難だろう。

岸はしばらく考えてから、パソコンに向かった。

〈大変恐縮ですが、役員人事は貴社の取締役会で決めることですので、私は何ら承知しておりません。今までの貴殿のご尽力には大変感謝しております。今後のご活躍を祈念いたします〉

と紋切り型の文章をしたため、返信する。

腕時計を見る。顧客とのアポイント時刻が迫っていた。

デスクの下からブリーフケースを摑みだし、立ち上がる。

同僚の目を気にしながら部屋を出て、エレベーターで階下に向かう。

廊下ですれ違う者たちの冷ややかな視線を岸は感じたが、所詮、このオフィスにいる白人たちとは競争原理で成り立っている。数字の上がらない者やトラブルメーカーは即刻、切り捨てられる運命にある。自分もそうなるかもしれないという不安が心の底に燻《くすぶ》っているが、それもこの世界にいる以上、受け入れざるを得ないことなのだ。

一階のエントランスホールはいつになく混みあっていた。投資銀行や証券会社が多く入るSOL《ソール》ビルには、IR《インベスター・リレーションズ》のための大会議室があり、上場会社の決算説明会の日には機関投資家や報道関係者が数多く訪れる。SOLインベストメントに籍を置く岸も、何度か仕切ったことがある。おそらく何かのイベントがあるのだろうと考えながら、岸は人の群れを掻き分けて正面玄関に向かった。

携帯が着信を告げたのは、エントランスを出る直前だった。番号表示はロンドン市警の担当官を示している。

くそっ！　また取り調べの要請か――。

岸は立ち止まり思案する。苛立ちが増してきた。携帯をそのままポケットにしまい込む。

回転式ドアを抜けると、凍てつく寒気が街を呑み込んでいた。コートを羽織り、岸は身をすくめる。と、目の前のアプローチ階段の中ほどに、打田《うちだ》義信《よしのぶ》の姿があった。コートも着ずに、手ぶらのまま、通りに向かって突っ立っている。席を立つ時、彼の姿が見えないことに気づいていたが、まだランチには早い時刻である。辺りを見回しているようでもあるが、いったい何をしているのか。

岸は打田に声をかけた。振り返った彼の表情には、どこか張りつめた感情が浮かんでいる。

岸は彼の心中を察した。

「ここで何をしている？」

「いや、何も――ちょっと外の空気を吸っていただけだ」

「今日はないのか？」

「ああ、呼び出しはかかっていないが、いつ来いと言われるかわからない。お前はどうだ？」

「さっき、携帯に着信があったよ」

「で？」

「無視した」

ふんと打田は鼻を鳴らし、視線を遠くに運ばせた。その横顔に暗い影が宿っている。

「あいつらは俺たちの仕事なんかまったく考えちゃくれない。何日も拘束しやがって、仕事がたまる一方だ」

「すまんな、俺のために――」

「気にするな。お前だって散々な目に遭わされてんだろ。証拠もないのに嫌疑をかけやがって」

小さな吐息をつくと、打田は岸に顔を向ける。落ち窪んだ目の下には隈ができ、頬がいくぶんこけている。

「クライアントのところに行くのか？」

打田に言われて急いでいることに気づいた岸は、ああ、と言いながら腕時計を見ようと視線を落とす。

その時、「すみません」という男の声。

駆け寄ったバイクメッセンジャーの若い男が、二つ折りになった紙を打田に手渡し、すぐに姿を消した。

怪訝そうに打田がそれを凝視している。

「何だそれは？」

岸が打田の手元を覗き込む。

「何でもない」

「ビラか？」

何かの催事を知らせる広告のように見えた。

「早く行け。さあ、行くんだ」

「どうしたんだ急に」

「とにかく行け。約束の時間に遅れるぞ。さあ、走れ。走るんだ!」

ビラを気にしている岸にそれを押し付けると、打田は岸の背中を強く押した。

岸はそれをコートのポケットに押し込み、急いで階段を下りる。下り切ったところで振り返ると、打田は口元に笑みを浮かべていた。

ポールトリーをバンク交差点に向かって進み、右にマンションハウスが見えた時だった。

ドスン、という地響きを伴う爆発音が背中から押し寄せた。

立ち止まり、後ろを振り向く。

周囲の視線も一斉に同じ方向を向いた。

続けざまにもう一発、爆発音が聞こえた。地面が揺れる。

同じ方角だった。建物の間から煙が見える。女の悲鳴が街に響き渡った。

群衆が、血相を変えて岸の方に向かって駆けて来る。

「どうしたんだ?」

逃げ惑う者たちに、誰かが声をかけた。

「SOLビルがやられた!」

「何だって?」

「エントランスが滅茶苦茶だ！」

一瞬、息が詰まった。

「早く逃げろ！　またやられるかもしれない」

打田の疲弊した顔が、ぱっと頭に浮かぶ。血の気が引いた。

——あいつは大丈夫だろうか。

ＳＯＬビルに向かって、岸は一目散に駆けていた。

1

翌年七月　東京

何か月ぶりかで目覚まし時計の音で目を覚ました岸一真は、ベッドに吸いつく重い体をゆっくりと起こした。

いつもと変わらない量のアルコールと睡眠導入剤を飲んだからか、頭の中のほとんどが霧に覆われているような気分だったが、湿気を吸い込んだ遮光カーテンの向こうは、二日間降り続いた雨が上がっているようだった。

ふらつきながら洗面所に行き、鏡の前に立つ。腫れぼったい目には精彩がなく、まだ半分眠っているようだった。顔色の悪さは仕方ないにしても、伸ばし放題の髪の毛と無精ひげは考え物だ。ムースでくせ毛を固め、丁寧にひげを剃る。意外に頬がこけていることに気づく。肉が落ち、頬骨の下に影ができている。まだ四〇代の半ばとはいえ、人生に疲れ切ったおやじにしか見えない。

クローゼットの奥の着古しのスーツを引っ張り出し、よろめきながらズボンをはく。上着を着ると、ポケットからチャリンという音が聞こえた。入っていた数枚の二ポンド硬貨をテーブルに置き、部屋の隅に転がっていたブリーフケースの中身を放り出す。

時計を見た。慌てて自宅を飛び出す。

天気がよかったので東中野まで歩いたが、すぐにそれが失敗だとわかった。一欠片《ひとかけら》の雲もなくなり、炎天下に変わったのである。

暑さから逃れるように、岸は総武線に飛び乗った。

慣れない早起きと薬で頭がふらついている。スーツは梅雨の湿り気を含んでいるのか、まるで甲冑を纏《まと》っているように重く、心も体も鬱陶しさが増してきた。

電車のドアにもたれ、窓外を眺める。千駄ヶ谷辺りの風景が流れていた。

目の前を何事もなく通り過ぎる街並みは、はるか昔に見た景色と何も変わっていないように思える。だが実際には、街並みもそこを歩く人々も、世の中が変わるのと同じ速度で変わっていて、いつも自分だけが取り残されているのかもしれない。気がつくと、自分だけが元の場所に昔のままの姿で、遠ざかっていく光景を、ただぼんやりと見ているだけのような気がした。

「おはよう、岸君。久しぶりだな」

丸の内にあるオフィスビルの役員応接室のドアが開き、永友武志《ながともたけし》が現れた。

昨年、五〇歳という若さで東亜監査法人の経営陣に仲間入りした永友は、八〇〇〇名の職員を抱える大監査法人の、次期統括代表社員と目されている。

ピンストライプの仕立てのいい濃紺スーツに、銀縁メガネ。整髪料で固めたオールバックの黒髪は、一昨年に会った時の出で立ちと少しも変わっていないが、いくぶん頰のあたりがふっくらとして貫禄が出てきたように岸には感じられた。おそらく、今まで以上に夜の付き合いが増えたからだろう。

永友とチームを組んだのはもう一〇年も前になる。岸が東亜監査法人の監査部勤務からコンサルティング部に異動になり、ＩＰＯ（新規株式公開）支援業務をしていた頃だった。

「仕事はどうだ？」

永友はソファーに腰を下ろし、深々と体を預ける。

「友人に頼まれた企業の財務分析ですし、自宅勤務ですから何とかやってます。永友さんは大変そうですね？」

「会社の経営方針や組織体制を決めるといった仕事が主だが、本業と関係ないことまでやらされているよ」

「どんなことです？」

「国内にタックスヘイブンの経済特区を作るという話は君も聞いたことがあるだろう。その委員に任命されて、税優遇についての問題点やカジノ併設について議論しているんだ。誘致はあらゆる業種が対象だが、税優遇となると、海外の投資ファンドや運用業者が租税回避を狙って集まってくる。そこの問題点を整理し、対策を検討しているんだ」

タックスヘイブン《Tax Haven》――主にカリブ海の島々やヨーロッパに存在する、所得への課税がないか、あるいは著しく軽減されている国や地域をいう。金融機関が顧客情報を公開しないなど他国との情報交換を行っていないため、税務当局の目を逃れ、世界中の資産家や投資ファンドの資金が集結している。いわば、現代の金融市場を陰で支える闇市である。

投資ファンドの実態把握は難しい。株式や債券に直接投資するのではなく、他の投資ファンドに再投資したり、複雑な金融商品に投資している場合があるからだ。さらに投資家の名前を秘匿する目的や、ハイリスクで非合法な投資商品を細切れにして、リスク分散という大義名分に悪用する場合もある。

永友が苦労しているのは、タックスヘイブンに群がる世界中の投資マネーをどう規制するかだが、そんな議論など、岸には不毛としか思えなかった。

「失礼なことを言うようですが、いくら対策を講じても、良からぬ者は必ず寄ってきます。事実、いまだにマネーロンダリングの温床です。タックスヘイブンというのは、そういうところなんです。割り切るしかないと私は思いますが」

「コンプライアンスは世界の流れだし、タックスヘイブンにも世界が協調して情報公開を強く要請している。その結果、各国の間で条約合意が進み、我が国もケイマンとの間で、税に関する情報交換条約を結んだ。君が思っている以上に改善はされている。ところで、電話でも少し話したが、君に頼みたいというのは他でもない、タックスヘイブンでのマネーロンダリング絡みのことだ。組織に属していないのであればちょうどいい。今の仕事を最後にこれに専念してもらいたい」

「ちょっと待ってください。まだそのような仕事は受けられないと言ったはずです」

「まあ、私の話を聞いてくれ」

永友はすかさず岸の言葉を遮った。あいかわらずの強引さに、岸は閉口した。

「君は五か月前のバロー銀行強制捜査を知っているか？」

「はい、でも詳しくは知りません。ドイツ捜査当局にもたらされた内部告発ということぐらいです」

欧州のベルクール公国にあるバロー銀行本店およびドイツ支店に、総勢八〇名の捜査官が強制捜査に入ったのは、二月一五日早朝のことだった。同行員の内部告発によって、ドイツ政府高官の不正蓄財を事前の内偵により突き止め、一斉捜査に踏み切ったのである。

ベルクールはＯＥＣＤ（経済協力開発機構）非協力リストに載った欧州のタックスヘイブ

ン国で、世界のファンドが集まる金融センターでもある。

「ドイツ当局が再三にわたり情報開示を求めたものの、バロー銀行はそれを無視し、徹底して口を閉ざしていた。そこでドイツ当局は、内部告発者に応分の報酬と身の安全を保証し不正蓄財の証拠を摑むと、ベルクール当局に圧力をかけ、合同捜査に踏み切ったんだ。その捜査の過程で、日本人が関与していると思われる裏口座が発見された。そこに一〇〇〇億円近い大金が眠っていた」

「一〇〇〇億円――」

岸は耳を疑った。ヤミ金組織の五菱会事件でも一〇〇億程度だったはず。仮にそれが日本でのマネーロンダリングだとしたら、史上最大級に違いない。

「ドイツ当局の情報を受けたマネーロンダリング対策の国際組織であるＦＡＴＦ（Financial Action Task Force on Money Laundering）から、わが国の金融情報機関ＪＡＦＩＣ《ジャフィック》(Japan Financial Intelligence Center／犯罪収益移転防止対策室）に通報され、同機関が捜査に当たることになった。私は会計士協会の役員として、以前から国際テロ資金対策やマネーロンダリング対策にも関与している関係で、財務分析力に優れた人材の推薦を求められたんだ。君の能力は充分承知している。金融庁への出向で金融検査の現場経験も積んでいるし、欧州に駐在経験もある。君の経験と知識を生かすには絶好の機会だ」

「申し訳ありませんが、私にはまだ荷が重すぎる仕事です。お引き受けできません」

永友はふっと息を吐く。

「この案件を君に頼むかどうか、私もかなり迷ったんだよ。でも、あの事件をいつまでも引きずっているわけにもいかんだろ」

「ですが——」

「爆破事件は君にとって辛い出来事だったと思う。あんな惨劇に巻き込まれたんだ。そんな簡単に忘れられるわけがない。それは私も充分わかっている」

「あの時のことがまだ頭から離れないんです。こんな状態ではまともな仕事はできないでしょう。永友さんに迷惑がかかるかもしれない」

「私のことは気にするな。それよりも、君の今後のことが気がかりだ。君だって、このままでいいとは思っていないだろ」

何とかして、この泥沼から抜け出したかった。永友の恩に報いたいという思いもある。監査業務しか知らなかった自分に、財務コンサルティングの基礎を叩きこんでくれたのは永友だ。彼がいなければ、その後の財務のプロとしてのキャリアは積めなかったろう。

しかし、はたして今の自分に務まる仕事だろうか。一〇〇〇億円という金額の大きさだけでなく、金融犯罪であることが岸の胸にどっしりと重く沈み込んでいる。あの事件に巻き込まれた自分が、精神的に耐えられるかどうかわからない。できることなら金融の世界から離れた場所で静かに暮らしていたい。それが負け犬の自分には似つかわしいのだと、岸は思っている。

「難しいことだとは思うが、過去と向き合い、すべてを受け入れることだ。そうすれば、それがすでに過ぎ去ったことだと認識できる。君の頭から消し去ることはできないだろうが、今の状態から抜け出すことがきっとできる。そのためにも、この案件をやるべきだ」

あの惨劇と向き合ってどうしろというのか。相変わらずの強気な言い様が、岸には疎《うと》ましく感じられた。自分はそんなタフな人間じゃない。自らを閉じ込めた殻が、さらに堅く閉ざされるだけのような気がしてならなかった。

お前の固辞など認めない、とでも言うように、永友は押しの強そうな表情で、岸に言い放つ。

「これは決定事項だ。仕事で忙しくしていた方が、無駄なことを考える時間がなくなる。君のためだ。わかったか、岸君」

即答は避けつつも、拒絶できないまま、岸はその場を後にした。

2

翌週、岸の気分とは正反対に、梅雨明けの暑さと眩《まぶ》しい陽光が、霞が関に活気を与えているようだった。

あの後、永友から何度か電話をもらい、しつこく説得された。

永友に押し切られたのは、警察の捜査といっても情報分析が主な業務であり、いわゆる後方支援であることが、岸の気持ちを楽にしたからかもしれない。いずれにしろ岸は、不安を抱えながら、復帰の第一歩を踏み出したのだった。

警察庁刑事局に組織犯罪対策部があり、そこにＪＡＦＩＣが設置されている。マネーロンダリングやテロ資金にかかる情報を一元的に受理・分析し、捜査機関に提供することを業務としていた部署だったが、増加の一途をたどる国際金融犯罪に対応すべく、この度、捜査権限が付与された。バロープロジェクトチーム《ＢＰＴ》が結成されたのも、対策強化の一環である。すでにチームの捜査活動は開始され、岸はそこに合流することになった。

広いフロアの一角をパーティションで仕切っただけのＪＡＦＩＣは、夏休みででもあるかのように閑散とし、誰かが英語で話す大きな声だけが響き渡っていた。

真ん中の六つのスチールデスクの島には、事務作業をしている一人の若い男が、そこから少し離れた管理職席には、英語で電話をしているぼてっとした体型の中年男がいた。

岸は中年男のそばまで行き、「あなたの身近にもマネーロンダリング！　本人確認にご協力を」というポスターの前で、電話が終わるのを待っていた。

大きな垂れ目と張り裂けそうな口が、のっぺりとした横長の顔に配置された外見は、まるでバランスを欠いた福笑いのようだったが、発音は驚くほど明瞭で均整がとれていた。

「岸一真君だよね。室長をやってる本間だ。よろしく」

ようやく話を終え、本間は椅子にもたれた。

よろしくお願いします、と岸が答えると、「ここは様々な行政機関から多くの機密情報が集まる部署だから、民間以上に情報管理を徹底し、絶対に情報漏洩がないように」と訓示し、本間は一人デスクに残る、二〇代後半ぐらいの若い男の方を向いた。

「石田君、こちらが東亜監査法人から出向してきた公認会計士の岸君だ。今回の案件のレクチャーを頼む」

永友から、いったん監査法人に入社させてから出向させると言われたことを思い出した。

石田は立ち上がり、頭を軽く下げる。

「警視庁から来た石田です。私が岸さんとこの案件を担当することになりました。金融のことは素人なので、いろいろと教えてください。よろしくお願いします」

パーティションで仕切られた簡易な会議用スペースに移動し、ドイツ当局強制捜査の発端となったプライベートバンカーの内部告発から捜査の過程、JAFIC通報までの経緯を詳しく説明した後、石田は持参したパソコンを開き、『ベルクールとバロー銀行の概要』というファイルを示した。

ベルクールは、欧州のフランドル地方——オランダとベルギーの間に位置するわずか五〇〇平方キロにも満たない小国で、金融業を中心とした経済で成り立ち、世界的にはタックスヘイブンとして有名である。中世から近世にかけてフランス・ブルゴーニュ公国、そしてオーストリア・ハプスブルク家統治のもとで都市国家として栄え、ハンザ同盟に加盟し、バルト海貿易や東方貿易にも盛んに進出して富を獲得した。その後、スペイン・ハプスブルク家、次いでオーストリア・ハプスブルク家の圧政が厳しさを増すと独立気運が高まり、一九世紀初め、ハプスブルク家がフランス軍に敗れたのを契機として、独自の憲法を制定し、独立をはたす。議会制民主主義を採用しているが、第二次大戦後はバロー家の実質的な独裁体制となっている。近年では、金融業を誘致するため法人税をなくし、外為規制や投資運用規制も緩くしたほか、銀行法により情報の秘匿性を高めることで世界各国の投資ファンドを呼び込んだ。OECDやFATFは、以前から脱税や犯罪収益のトレースが困難であるとして情報開示を求めているが、国内法を盾に要請を拒絶している。

一方、バロー家が銀行業に進出したのは一九四四年。ベルクール国内大手の老舗プライベートバンクの経営権を取得し、社名をバロー銀行に改称して現在に至っている。顧客には欧州貴族や同族企業のオーナーをはじめ、著名ミュージシャンやプロスポーツ選手が名を連ね、欧州きってのプライベートバンクに成長したが、その陰で、脱税や犯罪収益隠蔽への加担など良からぬ噂が絶えない。現頭取であるバロー家当主ジョゼフ・バローが今日の地位を築き上げ、七〇歳を過ぎた今でも絶大な権力を持っていると言われている。

そもそもプライベートバンクとは個人経営の銀行を意味し、従業員は数人から数十人という小規模な銀行が多いが、多くの投資ファンドがベルクールで組成され、ここが金融センターとしての機能を果たすようになると、バロー銀行は配下に運用会社を設立して、莫大な投資資金を集め、巨大な組織を作った。もはやかつての同族経営というイメージはなくなったのである。

「これがバロー家当主であり銀行の頭取でもあるジョゼフ・バローです」

パソコン画面には、ダークグレーのスーツを纏った、矍鑠《かくしゃく》とした白髪の男が映っている。金融の世界を知り尽くした岸には、強欲な内面を高価な服で覆い隠し、誠実な紳士を装っているだけの男にしか見えなかった。

「ところで、岸さんはロンドン勤務をされていたようですが、ベルクールには行ったことがあるんですか?」

「一度、車で通りかかったことがあるよ。どこにでもあるような普通のヨーロッパの街だった」

「私もこの機会に行ってみたいですね。それでは次に、ドイツ当局から入手した具体的な捜査関連情報をご説明します」

石田は腰の位置を変え、咳払いをした。

「預金額は一〇億USドル、日本円にしておよそ一〇〇〇億円。セプタム口座と呼ばれる裏口座に預金されていました」

パワーポイントにはカッコ書きで『SEPTUM』と表記されている。

「この口座は、いわゆるナンバーズアカウントです。記号で管理されているので、氏名や住所などの顧客情報は一切記録されていません。バロー銀行の大口顧客であれば開設できる裏口座です」

「裏口座?」

「同じ預金者が二つの口座を持つことができる仕組みになっています。しかし表口座と裏口座の関係解明は困難で、銀行の一部関係者を除き、預金者情報は全く把握できません」

「銀行への開示請求はどう？」

「それができるくらいなら我々は必要ないですよ。ベルクールは法律で銀行口座情報に守秘義務規定が設けられており、裁判所の許可がないと開示されません。当案件は内部告発者からドイツ当局が聞き出した情報で、日本人が関与している疑いがあるというだけで、まだ犯罪の充分な証拠もありませんから」

岸は眉をひそめた。

「じゃあ、日本人の関与はどこからわかったの？」

「銀行の営業職員、つまりプライベートバンカーは顧客ごとの担当制になっていて、このセプタム口座の担当バンカーが日本人顧客専任だったんです。しかしバンカー相互の情報交換は禁止されているので詳しい情報は入手不可能です」

「その担当バンカーへ事情聴取すればいいんじゃないか？」

「それが、強制捜査のさなかピストル自殺したんです。これが彼の経歴ですが、大学からずっと欧州ですから日本人顧客を特定するのは困難かと」

これでまた一つ、重要な事実が闇に葬られたのだと岸は思った。この手の金融犯罪では必ず銀行が犯罪者に知恵を授け、手を貸し、そこから何らかの恩恵を受けている。直接関わっていなかったとしても、彼らの幇助がなければマネーロンダリングはできないのだ。

石田は次のページに移った。

「これがドイツ当局からの口座情報です。口座開設時期は昨年の九月。入金は二回に分けて昨年一二月一七日と一八日に振り込まれています。一七日にアルジェ銀行ケイマン本店からアトランティック社名義で合計六億USドル。一八日にベルクールのベルガノ銀行からボルガー社名義で四億USドルです」

「それだけ？」

「はい、これがすべてです」

「すでに起こっている事件との関連性でも見つけたの？」

「いえ、今、警視庁や全国の県警に確認中ですが、まだ見つかっていません」

高尾山に出かける装備で、チョモランマに挑むようなものである。

岸はとたんに力が抜けた。

仮に犯罪収益のマネーロンダリングだとしても、これだけの情報では、到底犯人に行き着くことはできないだろう。一連の取引のすべてが、形跡を一切残さないために仕組まれたスキームに違いないからである。万に一つ、いやそれ以下の確率で犯人に想定外の事象が起き、偶然それに出合うことがなければ、解明することは不可能に近い。

石田が説明を続けた。要点はこうだ。

ボ社、ア社、アル銀の所在国のケイマンも、ベルクールと同様タックスヘイブンであり、法律で守秘義務が厳しく、犯罪の立証がなければ会社の情報も銀行口座の情報も一切門外不出。ケイマンはノミニー（名義株主）が許されているから登記閲覧しても実質上のオーナーがわからない。バロー銀行、アル銀、ベル銀は日本に支店はなく、金融庁の権限が及ばない。唯一、バロー銀行には日本駐在員事務所があるが、営業活動は認められていないから、顧客情報を扱っていないことになっている。持っていたとしても提出を拒否するだろう。このような事情から、外交ルートを通じて情報提供の交渉準備に入ってはいるが、期待薄である。

岸には石田の説明を聞く前から想像がついた内容だった。

無理を承知で、岸は聞いた。

「国税庁への照会はどう？　確か、租税条約や租税協定で情報交換の条項があったよね」

昨今、世界各国からの圧力で租税協定を結ぶタックスヘイブンが増え、課税目的から銀行口座の情報開示を請求できるようになった。つまり、犯罪の前提が必要ないわけである。

「ベルクールとの租税協定はありませんがケイマンとはあります。でも税金を取るための調査ではありませんから無理でしょう。それに、納税者の特定ができないので、国税でも情報収集できないですよ」

岸は得心した。

犯罪捜査を目的とした資料収集では、法律上、国税は動けない。もっとも、氏名を特定しなければ、銀行口座の開示は手続き上、不可能である。

日本の銀行や証券会社ではあり得ないことだ。税務署は質問検査権により顧客情報の照会を行うことができるから、どの証券会社でどの程度の株譲渡益があるか、どの銀行にいくら預金され、入出金の相手先は誰かという情報は容易に入手できる。それが良いか悪いかは別として、犯罪や脱税のない公正な社会を目指すためには必要であろう。しかし、そんな日本の法制度はタックスヘイブンには通用しない。これではまったくの八方ふさがりである。

セプタム口座保有者を見つけることがまず必要不可欠だが、銀行からは一切の情報は開示されない。ドイツ当局からの情報も不充分だ。送金元の会社情報もなければ、送金元銀行の口座情報もない。

「ですから、やれることは限られています。日本からの送金記録から、バロー銀行をはじめとする各銀行およびボ社、ア社と取引している日本在住者を洗い出し、そこから関与者を突き止めるということです」

石田はパソコン上のファイルを指した。

「すでにバロー銀行への送金記録からリストは作成済みです」

国内銀行から海外への送金情報をもとに洗い出したリストだった。これらがバロー銀行に口座を持つ日本在住者である。

「あとの銀行は？」

「現在調査中ですが、おそらく無理ではないかと。まあ、これも完全ではないですけど、これしかないから仕方ありません」

石田が軽い調子で言った。

岸は頭の中を整理した。

これがバロー銀行に口座を持つ日本在住者全員のリストということではない。送金をしなくても銀行口座は開けるからだ。表口座を持つためだけであれば、現金をベルクール本店に持参すればいい。あるいはバロー銀行のプライベートバンカーが来日した時に少額を手渡しておけば、彼が帰国した際に口座を作ってくれるだろう。外為法上、一〇〇万円以下の国外持ち出しは申告不要だ。セプタム口座開設のための表口座であればこれで足りる。しかし、その後の一〇〇億円はどのように国外へ持ち出したのか。銀行を介さずに国外へ持ち出すことができるだろうか。危険を顧みず現金や有価証券で運ぶ方法や、地下銀行を使う方法もある。いずれも銀行送金ではないから足がつかないが、これほど多額の資金移動となると現実的ではない。やはり銀行送金しか考えられない。

しかし、銀行送金履歴の調査がどれほどの意味を持つのか。

岸は疑念を石田にぶつけた。

「犯罪収益なら、送金元をわかりにくくするためにダミー会社何社かを介在させて迂回送金をするんじゃないか？」

「そもそもすべてに対応なんてできませんよ。とりあえずこのリストを調査すること。それから、『疑わしい取引の届出』、外為法の事後報告の調査と、官報、新聞、雑誌、テレビ、インターネットなどの公の媒体資料のチェック。前提となる犯罪の洗い出しぐらいですから。資料管理課に協力要請してすでに行っています」

さらにこの一〇〇〇億円が、海外での運用利益にあたるものであれば、送金時の金額から所有者に行き着くことは不可能である。もっとも犯罪収益金でなければ事件とはならない。あとは国税の脱税調査の範疇《はんちゅう》になる。

岸は石田に疑問を投げるのをやめた。石田にも捜査の限界はわかっているはずだからだ。

「まずは、これらバロー銀行の口座名義人を調査すること以外、方法はありません。他に何かご質問は？」

ずり落ちた黒縁セルメガネを指で押し上げた石田は、岸の顔色を窺うように覗き込む。

「プロジェクトチームと聞いているけど、他のメンバー構成はどうなっているの？」

「今のところ我々二人だけです。ここは新設の部署で、まだ室長以下五名しかいませんので手が回りません。捜査権限があるといってもほとんどが情報収集業務ですし、この案件も、犯罪捜査の段階ではありませんから」

石田は平然と言い、パソコンの蓋を閉じる。

それを聞いて肩の荷が下り、岸はふっと吐息をついた。

3

「あれ、かずちゃん！　久しぶり」

カウンターから、姪の草間亜紀が目と口を大きく開けている。ボブカットは以前と同じだったが、金髪が黒髪に変わっていた。

夜八時過ぎの「アバンギャルド」には、三つしかないソファー席にTシャツ姿の若い男性客がいるだけだった。スナックなのかカフェバーなのかはっきりしないのは、あらゆるものがごちゃ混ぜの高田馬場にはぴったりだったが、客には好まれていないようである。

カウンターに座り、岸はビールを注文した。

「この店はこれでやっていけるのか？」

「今日はちょっとやばいかも。こんなに暑いと外を出歩く人もいないからね。学校行くのもいやになる」

亜紀は熱いおしぼりを岸に差し出した。

「卒業は大丈夫か？」

「たぶん。卒業制作展があるから今度見に来てよ」

ああ、と生返事をする。

亜紀の描く情熱的な油絵は嫌いではないが、美大生の展覧会にはまったく興味がなかった。日程を上の空で聞きながら、店内を見回す。

「マスターは？」

「そろそろかな」

曲が終わり、亜紀がCDを入れ替える。マスターがアレンジした『懐かしの映画音楽メドレー』が流れ出した。壁に飾られたモノクロのイングリッド・バーグマンを見つめながら、岸はビールに口をつける。

「マスター、体調はどう？」

「肝臓の方は大丈夫だと思うけど、ほかで大変なのよ」

そう言って、カウンターの向こうから身を乗り出した。

「ここだけの話だけど、ママが最近株で大損したって大騒ぎなの。信用取引っていうのをしてたんだって。そんなに損するんだったらやらなきゃいいのよ。それでも最初は絶好調で、私たちバイトを温泉旅行に連れてってくれたんだけど、そのうちだんだんと雲行きが怪しくなって」

岸の耳元で亜紀は囁《ささや》く。

「お店のお金に手をつけたみたいなの。忘れ物を取りに戻ったら、マスターとママが言い争ってたのよ。ママは最近、体調を崩しちゃってお店には出てこないし、不景気だし、お店が潰れたらどうしよう」

亜紀は、「もらうわよ」と一言。手酌でグラスにビールを注ぎ一気飲みした。

「ねえ、何とかならない？」

「俺に何しろって言うんだ」

「ふん、相変わらず冷たいのね」

「株式投資は自己責任だ。儲かる時もあるし、損する時もある」

「じゃあママはどうすればいいの？」

「株なんかやらずに本業に力を注ぐことだな」

その時、ドアの鈴がカランと鳴り、マスターが現れた。亜紀は何事もなかったかのように口を閉じる。軽く笑みを浮かべながら岸に会釈をし、マスターはカウンターに入った。

「そう言えば『ダークナイト』観た？」

マスターを気にしたのか、亜紀が急に話題を変えた。映画好きの彼女は、顔を合わせると決まって新作の話を振ってくるが、岸の知らないものばかりだった。

岸が首を振ると、つまらなそうにビールをグラスに注いだ。

亜紀がテーブル席に注文を取りに行った時、岸の携帯が着信を告げる。打田義信の妻、良子からだった。打田の亡き後、岸は彼女を気遣い、連絡を取り合っていた。

「今日、警察の方から電話がありました。もう捜査は終了のようです」

諦めとも悔しさとも取れる感情が、声に表れていた。

「終了、ですか――」

「何もわからないまま終わるんですね。他人事なんです。真剣に捜査をしているとは思えませんでした」

爆破事件はロンドンで起き、打田はロンドンで死んだ。日本の捜査当局にとっては、それほど関心がない事案なのだろう。インサイダー事件の捜査途上での打田の死が、すべてを深い闇の中に葬ってしまったのかもしれない。

「証拠が出てこない以上、仕方のないことかもしれませんね。でも打田は犯人じゃありません。あいつに限ってそんなことは絶対にない」

「そう言ってくださるのはありがたいことですが、世間はそうは見ていません」

良子の心の叫びは岸にも聞こえていた。イギリスの報道各社が打田を犯人扱いしていることに、彼女は心を痛めている。このままではインサイダーだけではなく、SOLビル爆破の犯人にもされかねない。打田の無実を証明したいのは岸も同じだが、それが重荷になっていることに、岸は気付いていた。過去を引きずりながら立ち往生している自分に何ができるのか。良子を励ますこともできず、岸は歯噛みするしかなかった。

「孝雄君はどうですか？」と話を逸《そ》らす。

「その節はありがとうございました。今のところうまくやっているようです。良い方向に行くといいのですが」

岸の知り合いの長野のNGOに孝雄を紹介したのは、父親の死の衝撃で心の病に苦しんでいる彼を心配してのことだった。自然に触れられる環境で、彼の気持ちが穏やかになればいいと岸は願っている。

良子から法事の事務的な連絡を受けた後、岸は携帯を切った。

一人の男性客が入店したのを機に、飲みかけのビールを残して、岸は店を後にした。

4

三日が過ぎた。

延々と広がる砂漠の中を、オアシスを求めて彷徨《さまよ》い歩いているような日々だった。毎日頭はふらふらで、時折胸の動悸に悩まされる。情報分析業務とはいえ、自宅での作業とは比較にならないほど気が張っているせいだろう。もう終わりにしたい、というのが岸の偽らざる気持ちであった。

バロー銀行の口座所有者リストには、結局、疑わしい取引は見当たらず、資料管理課でのデータ調査も、空振りに終わっている。外銀への情報開示請求をするためには、眠っている資金が犯罪収益であることを証明する必要があるが、前提となる犯罪が見つからないのだから、白旗を上げざるを得ないのではないか、と岸は思っていた。

この手の海外隠し預金の最大の課題は、それをどう使うか、である。日本国内に送金でもしようものなら、金融当局の目に留まり、資金の出所が疑われる。かといって、カネが溜まっているだけであれば意味をなさない。口座に眠る一〇〇〇億円の所有者が、何らかの動きに出るのを気長に待つほかないのかもしれない。

「全然ダメだあ！」

石田が首のストレッチを入念に行った後、岸に顔を向けた。

すでに夜の九時を過ぎ、部屋には岸たちしか残っていなかった。

「こんなに捜してもヒットしないのは、たぶん海外で儲けたカネでしょうね。もしそうなら日本の銀行を全く経由しないので、我々のやっている銀行口座の調査は意味がありません。仮に海外での犯罪絡みの資金なら、外交上の問題に発展しますから、それこそ我々の手では不可能です」

「私もそう思っているんだ。これ以上やってもどうにもならないんじゃないだろうか」

今、岸たちがやっていることも自転車で世界一周するようなものだが、石田の言うように、日本以外のどこかの国で巻き上げた資金がバロー銀行に眠っているとしたら、自転車で月まで行こうとしているようなものである。

「国際機関から入った特別な情報ですからやらなきゃならないけど、どっかで見切りをつけざるを得ないでしょうね。事件性も希薄な案件ですから」

石田はそう言って、今度は肩をぐるぐると回し始めた。

岸はほっと胸をなで下ろす。

「それでは最後に、駐在員事務所にヒヤリングに行って終わりにしましょう」

「ではこれで、私の業務は一段落ということだね」

「何を言ってるんですか？　岸さんも一緒ですよ」

「そんな話は聞いていない。私の仕事は分析業務のはずだろ」

「そんなこと言わずに、お願いします。人手が足りないんです。それに、金融検査の現場でずいぶん活躍されたみたいじゃないですか。本間室長から聞いてますよ」

「しかし――」

「本間室長にも了解を取ってます。捜査といっても、まだ情報収集の段階ですから、隣にいてくれるだけで充分です」

永友に訴えたところで、悪あがきにしかならないだろう。駐在員事務所に同行するだけなら、それほど負担にはならないかもしれない。岸はこれが最後の仕事だと割り切り、渋々了承した。

5

地下鉄東西線の落合駅から山手通り沿いにある自宅マンションに帰るまで、徒歩五分足らずの道のりが岸には長く感じられた。

途中、上落合二丁目交差点で起きたらしい交通事故の人だかりを搔き分け、エレベーターで一二階に上がった時には身体中が汗まみれになっていた。

息苦しいほどの蒸し暑さが充満する部屋に入り、ダイニングテーブルで郵便物の束を捲《めく》る。弁護士からの封書が目についた。借金返済の督促状をテーブルに放り投げ、ベッドにぐったりと体を預ける。

窓外から救急車のサイレンの音が近づいてきたのはその時だった。反射的にビル爆破の記憶が頭を過《よぎ》り、何かに駆り立てられるような切迫感が押し寄せた。胸が締め付けられ、心臓が早鐘を打つ。

思わずサイドテーブルのウイスキーボトルに手を伸ばす。アルコールにすがりつく自分を惨めに思いながら、酒に飲まれる長い夜を送る。

いつしか岸は眠りについていた。

大きな爆発音とともに、何もかも木っ端微塵に吹き飛ばされ、跡形もなく消えてしまった光景が目の前に現れる。飛び散った赤黒い血潮が、次第に辺り一面を血の海に変えていく。足をとられ、躓《つまず》きながらもやっと抜け出すと、そこはどこまでも続く暗い坑道につながっていた。押しつぶされそうなほど狭い道を、何かに突き動かされ、ただひたすら歩き続ける。

どこを歩いているのか、どこへ歩いていくのか、見当もつかなかった。

ふと何かの気配を感じ、足が止まる。皮膚の臭いが顔を撫で、かすかな鼓動が耳に入る。何者かが自分の存在を告げているのだと感じた。恐怖と焦りで動悸が高まり、額から汗が滴る。怖くなって一目散に逃げた。まるで影のように、それは岸の後を追いかけてくる。頭痛と息切れが続き、吐き気が止まらない。動悸が激しさを増し、心臓がぴくぴく音を立てて上下する。苦しさのあまり胸を押さえうずくまった時、岸は目を覚ました。

天井を見上げほっと息をついて時計を見た。深夜二時過ぎだった。

考えてもどうにもならないことが身体中に溢れ出す。過去の記憶が悔恨の海となり、岸はその中を彷徨った。

監査法人にずっと勤務していれば、おそらくここまでどん底の生活にはならなかっただろう。ベンチャー企業のCFO（最高財務責任者）としてスカウトされ、高額な報酬を提示された岸は迷わず監査法人を辞めた。だが、断っていたとしても、いつかはきっと去っていた。官僚的な組織に、岸は物足りなさを感じていたのである。

公認会計士としての品位の保持、規律の遵守、職業倫理の何たるかなど岸にとってはどうでもいいことだった。そんなカネにもならないことを論ずるよりも、もっと経営に近いところで有益なコンサルティングを提供したい。クライアントもそれを必要としているはずだと考えていた。

　永友のような信頼できる上司もいたが、プライドばかりが高く仕事もろくにできない、まさに老害といえる者たちが支配している古い体質の業界にも、岸は嫌気がさしていた。

　自分はもっと稼げる。狭い日本だけでは終わりたくない。立ち止まって考えることのなかった岸の居場所は、もはや監査法人にはなかった。

　ベンチャー企業への転職は岸に成功をもたらした一方で、藤原ゆづきとの別れは、その後の岸に重い足かせを強いていた。彼女を失ったことが、坂道を転げ落ちるきっかけになったように思えてならない。

　コンサルティング会社のプロフェッショナルとして世界中を飛び回っていた彼女と出会ったのは、監査法人を辞める半年前。グループ会社全社が参加した研修会でのことだった。男社会の中で、彼女はすべてにおいて自立を意識していたように思う。枠に収まらない生き方ができる。そんな強さが彼女にはあった。

　彼女とともに暮らした生活が破局を迎えたのは、転職先のベンチャー企業が新規上場を果たした直後のことだった。彼女は身ごもったまま、ニューヨークに飛び立った。上場によって億単位の富と名声を手に入れた岸を支配していたのは、自分の能力は無限大にあるという単根拠のない過信と驕《おご》りだった。お互いの人生が全く別の方向に向かい始めていた、という単純な理由ではないような気がしている。いくら考えても答えが見つからず、岸は彼女との過去を心の奥底に封印し、失ったものを追い求めるように投資に走った。自社株を担保に資金を借り入れ、欧州の不動産ファンドや債券を手当たり次第に買いあさったのは、もはや必然だったのかもしれない。折しもベンチャー市場は活況を呈し、自社の株価は倍に上昇。投資利益も増大し、すべてが順風満帆だと思っていた。

マーケットが調整局面に向かったと気付いた時にはもう遅かった。会社の株価は七割近く下落し、担保割れが発生。欧州経済の悪化や円高が追い打ちをかけ、投資損が莫大な金額に上った。ベンチャー企業の役員を辞任し、自社株を全株売却して返済に回したが追いつかず、債務不履行が発生した。まさに天国と地獄を味わった。その時、岸を助けてくれたのが大学の時の友人である打田義信だったのだ。

「SOLはお前を必要としている。三億ぐらい何とかなるさ」

すでに転職していた打田からSOLに誘われ、彼の懇意にしていた資産家から低利で融資を受けることができたことで、借金返済の道筋が開けた。

人生の節目には、いつも打田が声をかけてくれたような気がする。大学でラグビーを知ったのも、公認会計士を目指すきっかけを作ってくれたのも打田だった。楽天的で豪胆、でしゃばりすぎる時もあるが面倒見がいい打田は、岸だけでなく周囲に対してもそんな役回りだったのかもしれない。

打田とともにＳＯＬ本社のあるロンドンに赴任した岸は、Ｍ＆Ａコンサルティングに従事し、日本企業の欧州進出のサポートだけでなく、外資の日本企業買収も数多く手掛けた。

あの興奮と刺激はいったい何だったのだろうか。

アングロサクソン系が支配するグローバル金融の世界に身を置いているという、ある種の優越感だったのか。それはおそらく、黄色人種の根底にある白人へのコンプレックスだったのかもしれない。

ＳＯＬは岸に魅惑的な舞台を与え、刺激的なシーンを演じさせてくれた。躍動感があり、活力がみなぎる登場人物たちの一員として豊潤な果実を与えられ、立派な劇場の近代的な装置の付いた舞台で、岸は思う存分、芝居に興じた。満員の観客から大喝采を浴び、自分自身の演技に陶酔したのだった。

敵対的買収を多く手掛けた岸に反感を持つ者も少なからずいた。個人的な恨みは、経営のなんたるかなど理解せず、しばしば岸たちファンド側に向けられる。業績を悪化させた現経営者の解任、不採算部門の切り捨て。旧態依然とした悪しき体質を変えるには、抜本的な改革が必要であることは言うまでもない。経営的には当たり前のことである。脅迫まがいの封書や罵倒など、岸には何の苦にもならなかった。

ある夜、タクシーでの帰り道、運転手が言った言葉を今も覚えている。

「二年前にリストラされたんです。中堅の印刷会社でね」

舌の滑りが抜群にいい、六〇がらみの男だった。

「会社は今でも生き残ってますよ。名前は忘れましたがね、外資系のファンドが株主になったんです。それからが大変ですよ。新しい役員が入ってきて、ばっさばっさと人切りです。私もこの通り」

会社名を聞いて驚いた。自分が関与した案件だった。

以前は経理部長をやっていたというこの男は、岸が聞いてもいないことを念仏のように語った。誰かに聞いてもらいたかったのだろうが、岸には興味のないことだった。

「会社はね、従業員が支えているんですよ。私なんかはまだいいけど、五〇の手前で首を切られた部下なんかはたまりません。女房、子供がいるのに再就職もできず、どう生活しろって言うんですかね。まったく血も涙もない奴らですよ」

あんたたちは会社に何をもたらしたんだ？　給料に見合う働きをしてきたのか？　使い物にならないから切り捨てられたんだろ。それをファンドのせいにするとは筋違いだ。

そう言いたかったが、敗者の愚痴に反論する価値はない。

あのファンドはその後、二〇倍にして売り抜いた。それこそがファンドの妙味なのだと、その時、岸は思った。

日本有数の自動車メーカー、㈱東西自動車の買収に絡んだインサイダー事件への嫌疑も、本質的には岸たちファンドへの偏見によるものだと思っている。

ＴＯＢ（株式公開買付）発表直前に大量の東西自動車株を買い占めていたとして、ロンドン捜査当局がある人物に目を付けたのは、買収が失敗に終わってから数か月経った頃だった。その時すでに、ロンドン近郊の自宅や香港のアジトには、その人物の姿はなかった。

捜査の手が会社のＭ＆Ａ担当部署、ファイナンシャルアドバイザー、証券会社など、内部情報を知り得た者に伸び、プロジェクトに関する資料やパソコンが押収された。そんな中、打田のメール履歴から不審な人物が浮上し、打田と親しかった岸にも疑惑の目が向けられたのだった。

目の前に突きつけられた、身に覚えのない莫大な金額の送金記録。連日続く容赦ない取り調べ。罵倒が飛びかい恥辱の底に突き落とされた。インサイダーの濡れ衣を着せられただけでなく、高額な報酬に対する妬みが根底にあったのだと、岸はその時、強く感じた。彼らからカネの亡者と言われる筋合いはない。まっとうなＭ＆Ａファンドによって多くの買収を成功させ、企業価値の向上に貢献したから得た報酬なのだ。彼らの根拠のない言いがかりは、まるで全世界の貧乏人を敵に回し、袋叩きにあっているかのようだった。

打田の関与についても、疑わしいというだけで確たる証拠があったわけではなかった。つまらない偏見で名誉を傷つけられ、いわれのない疑いをかけられたまま打田は死んだのだと、岸は今でもそう思っている。

死者八人、負傷者六〇人に及ぶ大惨事となったSOLビル爆破事件は、その捜査の渦中に起こった。あの日、SOLビルに戻った岸は、エントランス部分が吹き飛び、瓦礫の山と化した無残な光景を目の当たりにした。それはまさに地獄絵図だった。強烈な異臭と燃えるような熱気。逃げ惑う血だらけの者たち。助けを求める叫び声。言葉にならないうめき声。散乱する肉片。血に染まったコンクリート片。気が動転し立ちすくむ岸は、とっさに打田の携帯に連絡をしたが繋がらず、オフィスに戻ろうにも上階に行くことができなかった。

あの屈強な打田がこんなことで果てるはずがない。岸は炎と煙の中で打田の姿を必死に捜した。瓦礫を掻き分け、煤と汗にまみれながら無我夢中で捜し求めた。しかし数日後、黒く変色した、打田のネームが彫られた腕時計が発見された。引きちぎられた手首に、それはしがみつくようにしっかりと巻き付いていた。

捜査当局は打田の死をインサイダー事件と結びつけようとしたが、未だに容疑者も特定できず、犯行目的すら不明のまま捜査は頓挫したのだった。

爆破事件の後、職を辞し、岸はしばらく体を休めようと帰国した。自分のやってきたことは何だったのか。買収案件は、誰とも知れぬ犯罪者に莫大な利益を与えただけに終わり、無二の親友は罪をかぶって惨死した。岸に残っているのは、億単位の借金だけなのである。

目の前に立ちはだかる厚い壁におののきながら、岸は自問する日々が続いている。

6

六本木一丁目駅の真上にそびえ立つ六本木タワービルを、岸は額の汗を拭《ぬぐ》いながら見上げた。午後の日差しが反射して、巨大なガラス張りの壁面がぎらぎら輝き、見ているだけで体がゆで上がる気分だった。

バロー銀行はその傘下に、運用会社、信託会社など関連会社を多数保有し、グループ全体で従業員二万人を超える大企業である。アジアではシンガポールに一〇〇〇人規模の人員を置き、アジアマーケットを統括するとともに運用業務を行っているが、日本には昨年の四月に、資産運用コンサルティング業を行うグループ会社の駐在員事務所を開設したばかりで、人員も三名のみ。主に日本市場の情報収集、市場調査を行っているとされているが、それはあくまで表向きであり、実際には日本の投資家や預金者に対して顧客対応をしているはずだと岸は考えている。とはいっても、それを彼らの口から聞き出すのは困難だろう。

通された会議室は、中央にありふれた会議用テーブルが配置された、意外に質素な部屋だった。

しばらくして岸たちが入ったドアとは違うドアが開き、四〇代半ばぐらいの濃紺スーツの男が、バイブルサイズの革製手帳を持って入ってきた。健康的に日焼けした肌とドット柄の水色ネクタイが、爽やかな印象を作り上げている。

「白川です。よろしくお願いします」

芸能人のような白い歯が光った。

岸と石田は、警察庁組織犯罪対策部の捜査官であることを名乗り、それぞれ身分証明書を白川に提示した。

「驚きましたね、警察とは」

白々しく、白川は眉をひそめる。強制捜査後のこの時期の接触は、ドイツからの情報提供に基づく訪問だと考えるはずである。

「捜査ではありません。いまマネーロンダリング対策の強化をしている関係で、外資系金融機関に対して様々な情報提供をお願いしている次第です」

石田がお定まりの言葉を返す。

「しかし、ここは駐在員事務所ですから銀行業務は行っていませんし、顧客対応は一切していませんよ」

「それほど時間はかかりません。ご協力をお願いします。まず、日本に事務所を開設した目的と活動内容について教えてください」

石田は淡々と言い、岸はノートを出してペンを持った。

白川は、英文のレポート用紙を一枚、岸たちの前に出し、説明を始めた。

「……したがって、ここはマクロ的には日本の政治・経済の動向調査から、株式市場を中心にあらゆるマーケットや個別企業に関する様々な情報の収集およびその分析をして、それを本店に報告することを業としています」

「では、営業活動はどのように行っているんですか？」

「本国から一か月に一度、日本営業担当が出張してきます。滞在期間は約一週間です」

「シンガポールからはいらっしゃらないんですか？」

「シンガポールはアジアの拠点ではありますが、主体が運用会社ですので、ほとんどがファンドマネージャーやアナリストです。日本対応はしていません」

「営業担当が来日した時は、ここで顧客と打ち合わせをされたりするんですよね？」

「社内会議でこちらに顔を出すことはありますが、いつもは客先に出向いたり、滞在ホテルに来て頂いています。こちらには顧客対応のインフラはありません」

――そんなはずはない。

銀行の現地支店や駐在員事務所に何度も足を運んだことのある岸には、どの銀行も現地顧客対応の応接室があることを知っている。ここにも必ずあるはずである。白川が嘘をついているとしか岸には思えなかった。

「白川さん、ご協力頂きたいのですが、日本人の顧客リストを見せて頂けませんか？」

石田は本題に入った。

「申し訳ありませんが、顧客リストはこちらでは取り扱っていませんので、見せろと言われても無理な話です」

「それでは本社に依頼して取り寄せてください」

「それもできかねます。ベルクールは金融機関の守秘義務が非常に厳しい国でして、むやみに開示すると法律で罰せられるんです」

勝ち誇ったような口調で、白川は言った。

岸は胃の辺りが重くなるのを感じた。それが白川への嫌悪感から来るものなのか、体調不良によるものなのか、よくわからなかったが、少なくとも、金融業者に対する不快感が、あのビル爆破事件によって醸成されていたことは確かだった。

「日本に事務所を構えて活動をしている以上、我々にご協力頂くのが筋ではないですか」

白川はふっと息を吐く。

「この世界に情報漏洩のない国がありますか？　大手企業や金融機関から顧客情報が流出し、大問題になっていますよね。官公庁だって同じだ。なぜだと思います？　どんなにセキュリティーを強化したって、情報を扱うのは人間だからです。悪意を持った者がいて、それを高値で買い取る者がいれば流出は免れません。我々は、この情報が氾濫する世界でプライバシーを保護し、大切な個人資産を守っているんです」

もっともらしい説明に、岸は虫唾が走った。と同時に、胸がむかつき、吐き気をもよおした。

その時、ショートヘアの白人女性が部屋に入ってきて、白川にメモ用紙を渡す。白川は、「ちょっと失礼」と言って離席した。

「予想通りの展開ですね。しかし、いまいましい奴」

石田が舌打ちする。

先程から、胃の中の物が喉元までせり上がってくる感じがしていた岸は、腹を押さえ、立ち上がった。

「どうしたんですか？」

「ちょっとトイレに行ってくる」

かがみながら、岸は白川が出ていったドアを開ける。会議室とはまったく対照的な、うす暗く重厚な廊下が続いていた。壁に飾られた絵画を横目で見ながら、毛足の長い絨毯を進み、やっと見つけたトイレに岸は駆け込んだ。

トイレから出た後、部屋に戻ろうとした岸は、廊下の壁に並ぶ絵画に、あらためて目を瞠《みは》った。

金色の豪華な額縁に収まった油彩画には、ひとつひとつ照明が当てられ、美術館にでもいるような落ち着いた雰囲気が醸し出されている。

金属製の丸いドアノブが、岸の目に入った。

瞬間的に感じたのは、ここが顧客対応の応接室なのかもしれないということだった。

ドアノブに手をかけ、ゆっくりと回した。鍵はかかっておらず、容易にドアを開けることができた。

室内には窓がないらしく、廊下のかすかな明かりが室内に漏れて、斜めの線を作っている。

中に入り、ドアを閉めると壁の照明スイッチを押した。

岸の目に飛び込んできたのは、正面突き当たりの壁一面に飾られた大きな油絵だった。白人の男性が貴族の装いで背筋を伸ばして直立している。バロー家当主ジョゼフ・バローである。

部屋を見渡した。ワインレッドの絨毯に、ウォルナット材の壁が二〇畳ほどもある部屋を囲んでいる。シャンデリアの灯りが、片側一〇人は座れそうな木製テーブルや、壁に飾られた絵画を柔らかに包み込んでいた。

公式に表明してはいないが、バロー銀行の最低預金額は五億円と言われている。ここは紛れもなく上得意を接客する部屋だと岸は思った。

でしゃばったことはやらない方がいい。今日で自分の業務は終了するのだ。そう思う反面、白川が嘘をついていることを証明したいと岸が感じたのは、やはり自分のいた業界に対する不信感からなのだろうか。金融犯罪の後ろ側には、決まってバンカーの影が寄り添っている。そこに明かりを灯さなければ、すべての真相は闇に消える。

正義感など抱いたこともなかった自分が、なぜこんな気持ちになったのか。打田の死を境に、心の内の何かが変わろうとしているのは確かであり、白川の言動がそれに火をつけたのも事実だった。

壁際に配置された背丈ほどの木製書棚に目をやると、洋画家の画集や欧州の古城をテーマにした、ハードカバーの写真集が並んでいる。収納扉の中は空っぽだった。豪華な彫刻を施した電話台の上にメモ用紙があり、何かが書かれていたので一枚目をはがして、ポケットに突っ込んだ。

――と、その時、

「何をしているんですか？」

背後から白川の声が聞こえた。

会議室に戻り、あの豪華な部屋の用途を白川に質問したが、彼は「勝手に他の部屋に入っては困る」と釘を刺してから、社内会議用の部屋だと答え、顧客対応はしていないと主張した。

石田が質問を変えた。

「ところで、白川さんはバロー銀行の前はどこにお勤めだったんですか？」

「ずっとロンドンです。昨年の春こちらに転職しました。ですから、あの爆破事件には遭遇していないわけです」

岸は眉間に皺を寄せ、白川は片方の眉をつり上げる。

「そう言えば岸さん、あなたはロンドンのＳＯＬインベストメントで働いていたんですね」

岸は動転した。白川は狡猾な含み笑いを見せる。中座していたのは、自分の過去を調べさせていたからなのか。

「あのビル爆破はショッキングでしたね。ＳＯＬインベストメントのインサイダー疑惑に絡んでいるという噂もあって、ずいぶんマスコミを賑わしたじゃないですか。私もテレビで見ましたが、ＳＯＬでは亡くなられた人がいたようですね。犠牲になった方は大変お気の毒です。しかし、あれだけ酷評された日本企業買収とインサイダー疑惑がありましたから、あれはまさしく天の裁きですよ」

自分は潔白だと岸は思っているが、白川の言動は、おそらく世間を代弁しているのだろう。重要参考人の打田が、その捜査中に発生したＳＯＬ本社ビルの爆破で犠牲となったことで、この二つの事件の関連性が取りざたされたのもまた、当然のことかもしれない。

悪夢のような過去が蘇り、胃の痺《しび》れが喉元を突きあげる。

白川は平然とこちらを見つめている。言い返す言葉すら見つからず、石田とともにひとまずその場を後にした。

7

「こうなったら単刀直入に白川に問いただしますか？」

冗談ともとれることを、石田は口走った。

静まり返ったＢＰＴ室の窓に、大粒の雨が打ち付けている。

バロー銀行駐在員事務所の豪華な部屋にあったメモ用紙を再度取り出し、岸はじっと見つめた。そこには『ST』という文字が万年筆で走り書きされていたが、それが何を意味するのか、皆目見当がつかなかったのである。

電話のすぐ横に置かれたメモ用紙だったので、会話の途中で書いたのかもしれないが、それが何かのイニシャルだとすれば、人名か社名か地名かビル名か。

しかしバロー銀行やグループ企業周辺にSTというイニシャルは存在せず、特定することはできなかった。

「岸さん、これ以上は無理じゃないでしょうか？　室長への報告書は私が作成しますからもう終わりにしましょう。結論としては犯罪行為を裏づける証拠はなし。それと付帯事項として、現在の法制度上の問題点――タックスヘイブンの情報非開示の問題やマネロンに対する国内法の報告制度の限界も付け加えます。それでどうでしょう？」

「そうだね。この辺で」

と、その時メールが届いた。バロー案件で情報分析をサポートしていた、資料管理課の萩原からだった。

彼は東大出の秀才で、人とのコミュニケーションが苦手な若者だが、ひたすら机にかじりついて黙々と作業し続ける、粘っこい男である。

そこにはこうあった。

〈在ベルクールの銀行リストに『シュタイン銀行《STEIN BANK》』がありますが、その略語が『ST』と考えられます〉

机の引き出しを開け、岸は以前参考資料として萩原から受け取ったベルクールにある銀行のリストを探し出すと、そこに書かれた一〇〇を超える銀行名に目を走らせた。

『シュタイン銀行《STEIN BANK》ベルクールブランチ』

確かに、『ST』と表記できる。

石田が岸の手元を覗き込む。

「シュタイン銀行ですか？　それって何か関係あるんですかねえ？　グループ企業でもないしたまたまじゃないですか」

半信半疑のまま、岸と石田は萩原のデスクに向かった。

色白でふっくらとした顔をパソコンに向けながら、頭のてっぺんから抜けるような高い声で、萩原は説明する。

「シュタイン銀行はスイスのチューリヒに本店を持つ歴史のあるプライベートバンクで、三年前にベルクールに支店を開設し、現在、バロー銀行と業務提携関係にあります」

「業務提携？」

岸が呟《つぶや》く。

「どんな提携ですか？」

萩原は首を横に振った。そこまでの情報はデータベース化されていないというわけだ。

岸は最近の欧州事情を思い出す。銀行の守秘義務が厳格なスイスを、ＯＥＣＤやＥＵ諸国が強く批判し、情報公開が要請された結果、各国との間で租税協定が結ばれている。さらにスイスでの非居住者課税が強化されたことで、スイスのプライベートバンクが、他国のプライベートバンクと提携することも充分考えられた。

窓の外は、バケツをひっくり返したような豪雨になっていた。

「また資料調査か。雨が小止みになるまでやりますか」

岸と石田は自席に戻り、関連情報のキーワードにシュタイン銀行を追加して調べ直したが、同行はアジア地域に拠点がなく、金融庁の資金情報からも銀行名が発見されないまま二時間が経過した。

「今日はこのくらいで帰りましょう。もう肉体的にも精神的にも限界に近いです」

石田がそそくさと片づけを始めた時、一通のメールが届く。萩原からだった。まだやっていたのかと思いながら、岸はメールを開く。

〈シュタイン銀行の名前が東京地方裁判所の裁判記録にありました〉

岸と石田は一瞬顔を見合わせた後、取るものも取りあえず萩原のデスクに急いだ。デスクに着くなり、萩原から渡された一枚の用紙には次のように記載されていた。

事件種類　金銭支払請求訴訟　確定判決
事件の表示　平成●年（ワ）第五二六四二一三号
原告　シュタインバンククレジットＡＧ
　訴訟代理人　アンダルシア&福田法律事務所　弁護士　大野保
被告　㈱新橋通商　代表取締役　飯田敦

「驚いたな、裁判情報まで入手できるんだ」と呟きながら石田は用紙を見つめる。

「シュタインバンククレジットＡＧとは何ですか？」

「シュタイン銀行系のクレジット会社です」

「つまり、シュタインバンククレジットＡＧが新橋通商相手に裁判を起こしていた、ということですか？」

「そのようだね。金銭支払請求ってことはたぶんクレジット代金の未払いだろう」

それがバロー銀行とどうつながるのだろうか、あるいはまったくの見込み違いなのか。

石田が時計を気にしながら窓外に視線を移した。

アスファルトに打ちつける滝のような雨音は、もう聞こえなかった。

8

「新橋通商なんてダミーですよ」

頭上で響く山手線の轟音《ごうおん》が、隣にいる石田のつぶやきをかき消した。

岸たちは、JR新橋駅烏森口から高架に沿った狭い道路を、早めの昼ごはんを食べようと日陰伝いに歩く会社員たちの間を縫うように、浜松町方向へ歩いていた。改札を出た瞬間に汗が背中を流れ、ワイシャツを濡らしている。

石田のぼやきは岸もわかっていた。すでに新橋通商と飯田敦の素性を調べ終えていたからだった。新橋通商は謄本上存在していたが、電話登録がなくネットでもヒットしなかった。

飯田敦は品川区の㈱飯田建設の社長だったが、会社は三年前に倒産し、飯田自身も同時期に自己破産をしている。

当時の自宅と会社の連絡先に電話をしてみたがつながらず、取引業者や知人をあたっても消息はつかめない。七年前に離婚し実家に帰ってひっそりと暮らしていた元妻も、連絡はとっていないからわからないと吐き捨てた。

会社が倒産し、自らも自己破産して行方をくらました者が、昨年の一一月に新会社を設立したことは、なんとも不自然である。

東銀座の飯田敦社長宅に向かい行方不明であることを確認した後、岸たちは新橋通商の本店所在地に足を運んだのだった。


「この辺りなんですが」

石田は地図で位置を確認し、高架下の店舗の前で立ち止まった。

風雨や排ガスでかなりくすんだコンクリート壁に、白山理容店という所々ひび割れした看板が掲げられている。入口のサインポールが回転していなければ営業しているかどうかもわからないほど、ひっそりとした外観だった。

狭い間口のガラス窓から中を覗くと、髪の毛のまったくない小動物のような老人が、白衣姿で客のいない店内をうろうろしていた。

「どういうことでしょう？」

「とにかく聞いてみよう」

岸たちは店の中に入り、新橋通商の所在を確認したい旨を告げた。

立ち話も何だからと言って、老人は入口横の長椅子に腰を下ろすよう勧め、自分は奥からパイプ椅子を持ってきてそれに座った。

住所が書かれた紙を手にとり、老人はポケットから老眼鏡を出して紙を睨みつける。

「間違いない。ここだよ。この住所が間違ってないかい？」

「公的な書類に記載されていたものですので間違いありません」と石田は答えた。

「何だか気持ち悪いねえ」

「こちらにはいつ頃から？」

「大阪万博の年だよ。その前までは神田で修業してたんだがね。どうしても銀座の近くにお店を出したくてここにしたんだ」

「大阪万博っていつでした？」という石田の声に、「昭和四五年だよ」と老人が答える。

昨年設立の新橋通商よりもはるか昔からここで営業していたことになる。

「新橋通商ってご存知ないですか？」

老人が首を傾げている。

「じゃあ、飯田敦あるいは飯田建設という名前に覚えはありますか？　お客さんにそのような人がいるとか」

「全くないね」

騒がしい昼食時が過ぎ、新橋駅前にある蕎麦屋は閑散としていた。壁に取り付けられたテレビのニュース番組では、財政問題を取り上げたシンポジウムのダイジェスト映像が流れている。必要以上に不安をあおる経済評論家が、日本の財政は最悪で、近い将来国債が暴落し、金利が跳ね上がるだろうと警告すると、もう一人は、日本の民間の貯蓄率は高いからそんなことにはならないと反論していた。

ニュースが変わり、上場会社の粉飾決算で監査法人が業務停止処分になったことを伝えた。中堅規模の監査法人だったが、業界への影響は避けられないように思えた。

かつ丼を頬張りながら携帯メールに熱中していた石田が、ようやく顔を上げテレビを見る。

「岸さん、以前からこんな粉飾決算ってあったんですか？」

「昔も今も考えることは同じだよ」

もっとも一九九〇年代初頭のバブル経済崩壊までの監査法人と企業は、今のようながちがちした関係ではなく、一定の信頼関係をベースに監査業務が行われていたと聞いている。要するに、蜜月関係である。長年同じ会計士が監査をやるため馴れ合いになり、必ずしも牽制機能が働いていたとは言えなかった。取引会社や銀行との株式の持ち合いで株主のチェックも働かない。実際には粉飾していてもばれなかっただけかもしれない。部分的なシステム不全は否めないが、経済成長率が高く、給料は年々増えていく時代だったために問題が露呈せず、社会は何事もなく流れていった。バブル崩壊後は経済が低迷し、業績が落ち込んだ会社は利益捻出に走る。法の網の目をかいくぐって犯罪すれすれのことまでやるようになったのだ。

「しかし、監査法人業界も大変ですね。粉飾を見抜けなかったのは責任重いけど、限界があるでしょ?」

岸は頷《うなず》く。

明らかな犯罪行為を会社ぐるみで行っていたとしたら、監査法人も証券取引所の審査部も見抜くことはできない。

「ところで、あのご主人本当に関係ないんでしょうか?」

今度は仕事の話題に移った。

「関係ないだろうな。関係があるとしても、飯田が単に客として髪を切りに来たことがあるとか、通りがかりに店先で世間話をしたとか、その程度のことだろうと思う。事業を始めるために新橋通商を作ったのでないことだけは明らかだよ。単に会社を作りたかった。だから住所はどこでもよかった。そんなところだ」

「どこの住所でも勝手に会社を作れるんですか？」

「ああ、作れるよ。本店所在地に会社が現に存在するかどうかなど登記所では確認しないから、実在する住所であればどこの住所でも登記ができる。偶然飲みに入った居酒屋の住所でも、東京タワーの住所でもいい」

「新橋通商なんて架空の会社ってことですね」

「飯田も名前を使われただけかもしれないね」

「確かにそうかもしれません」

9

昼食後、二人は霞が関の高層ビルに入るアンダルシア&福田法律事務所へ向かった。シュタインバンククレジットAGは日本拠点がないため、この法律事務所が法務関係の代理を受任している。バロー銀行の名前は伏せて、新橋通商の飯田が自己破産者であり、彼の名を使った会社設立書類偽造の疑いがある旨を説明してある。

大野弁護士は席に着くと、革バンドの腕時計をはずし、手元の見える位置に置いた。顔が青白く、ワーカホリックのようだった。

「それでは訴訟の経緯をご説明します。新橋通商はシュタインバンククレジット発行のカードを利用しましたが、決済日に預金口座に資金がなかったため決済できず、督促しようにも行方がわからないため、会社内部規定にのっとって訴訟を提起し、確定判決を得ました。回収不能額については債権放棄をし、会計上の貸倒処理をしたということです」

大野弁護士は時間を短縮したいのか一気に語った。

「早速ですが、クレジットカードの利用明細を見せて頂けますか？」

石田が言うと、大野弁護士は持ってきた書類の束から利用明細書を取り出し、奥行きが二メートルもありそうなテーブルの向こうから身を乗り出す。

手を伸ばしてそれを受け取り、石田は岸にも見える位置に置いた。

銀座の高級ブランド店、日比谷の高級ホテル、六本木や銀座のクラブなどほぼすべてが遊興費で、一二月二一日から一月二五日までの一か月ちょっとで一二〇〇万円もの大金が使われている。すごい使い方ですね、と言わんばかりに石田が溜息をついた。

「一月二六日以降はありませんか？」

「これがすべてです。月末締めの翌月二五日引き落としとなっていて、一月二五日支払分の引き落としができなかったため利用停止処分になったんです」

「カード発行日は？」

「一二月一七日です」

会社設立は一一月末。登記簿謄本ができあがるのはそれから一週間前後。そこからカード発行の手続きで一週間とすると、ちょうど一七日に符合する。そう考えると、新橋通商はカード利用のためだけに作られた会社なのかもしれない。そして、バロー銀行のセプタム口座に送金された日と同日というのは偶然だろうか。

「このうちいくらが回収不能なんですか？」

「全額が引き落とされていません」

「え？」

「決済口座にはまったく資金がなかったんです」

預金残高がゼロ。しかもカード使用一二〇〇万円の本人が行方不明。詐欺行為といってもおかしくない。

「新橋通商の飯田社長と面識はありますか？」

石田は話の方向を変えた。

「いえ、ありません。当事務所は訴訟代理人を受任しているだけで、クレジット業務の代理を務めているわけではありませんから」

「では、飯田社長が自己破産していることは？」

「もちろん今は承知していますが、カード発行時には確認をとっていなかったようです」

「それでもクレジットカードが作れるんですか？」

　自己破産者は国内の信用情報機関に登録され、七年間はクレジットカードが作れない。

「カード発行時の信用調査は当事務所の担当ではありませんのでわかりません。推測ですが、国外の金融機関と日本の信用情報機関での情報交換がされていないからでしょう」

「でも、調べようと思ったらできますよね」

　岸が思わず口にした言葉に、大野弁護士の眉が一瞬動いた。

「あるいはバロー銀行の紹介案件だったからかもしれません」

「バロー銀行？」

　石田が呟き、岸が身構えた。

「シュタイン銀行は日本に支店がなく営業活動をしていません。バロー銀行とは以前から業務提携をしていて、取引のある顧客についてはシュタインカードの利用を勧めているのです。詳しくは訴状に書いてあります」

　机の上にある分厚い書類にポンッと手のひらを乗せた。

「すると、新橋通商はバロー銀行に口座を持っていたということですか？」

岸に意外そうな顔を向け、大野弁護士はあっと少し口を開く。

「そういえば、まだ説明していませんでしたね。カード決済口座にはバロー銀行の新橋通商名義の預金口座が指定されていたんです。シュタイン銀行には預金口座を持っていません」

岸と石田は顔を見合わせた。

「つまり、そのバロー銀行の新橋通商名義の預金口座に資金がなかったから引き落とせなかった、ということですか？」

石田が繰り返し確かめた。

「そうです」

「それも預金額なし？」

「その通りです」

バロー銀行には一〇〇〇億もの大金が眠っている。しかし新橋通商のバロー銀行口座には残高がなく、訴えまで起こされている。二つの口座には接点がないのだろうか？

「しかし、預金残高がゼロのような口座に、多額の利用限度額が付されたカードをよく発行しますね？」

岸を恨めしそうに見ながら、右眉をぴくっと動かす。

「他の預金口座に、五〇〇〇万円の担保設定がされていましたので、審査上、何ら問題はありませんでした。決済口座の資金では足りなかった場合には、担保口座の資金で穴埋めができるはずだったのです。しかし、実際には補塡することができませんでした。バロー銀行に確認すると、一二月一八日に担保設定が取り消されていたのです」

「担保が取り消された？」

「それはつまり日本の銀行の総合口座をイメージすればいいんですか？　普通預金の残高がマイナスになると定期預金を担保に自動融資できるような仕組み？」と岸が尋ねた。

「有り体に言うとそういうことです」

「そうすると、新橋通商はバロー銀行に定期預金を？」

「いえ、新橋通商名義の口座ではありません。担保提供していた預金口座は他人名義の口座でちょっと特殊な口座なんです」

大野弁護士は訴状の最後のページを開き、『担保設定確認書』という書類を岸の前に差し出した。

「これは、記号だけで管理されている預金口座で、実質所有者名はわかりません」

そこに記載された数字とアルファベットと記号の羅列を、岸は凝視した。

〈＃TF×373※▲73〉

あっ！　という石田の声。

すぐに手帳を開く。岸は生唾を飲み込んだ。

「岸さん！」

石田の声が震えている。

それはまさしく、岸たちが追い求めてきたセプタム口座だったのである。

10

ＢＰＴでは捜査員を二名、資料管理課の担当を一名増員した。

暗黙の了解となっていた岸の実動部隊としての行動も、本間室長から「人員不足だ。頼む」と正式に命じられたことで、岸はある意味、腹をくくった。心身の疲れはあったものの、永友の言ったように、仕事の忙しさで気がまぎれ、過去の記憶が薄れつつあるのも事実である。何かに没頭するのが今の自分には必要なのかもしれない。この事件捜査に対する責務も、少なからず感じ始めていた。

弁護士事務所にはセプタム口座所有者情報は一切なく、新橋通商の情報すら持ち合わせていなかったため、岸たちはカード利用店の聞き込みに全力を注いだ。

バローがなぜ担保解除をしたのか、それもシュタインバンククレジットに事前通知なく、バローが勝手に担保解除したことについて岸は違和感を覚えたが、弁護士事務所でもその理由は知らされていなかった。いずれにしろ後日、バローが全額補償することでけりがついたとのことだった。

想定外だったのは、担保という方法を使えば、セプタム口座の資金を入出金記録を残さずに、他のどこかで使うことができるということである。これをやられたら、もはや口座間の資金の流れは存在せず、一切の形跡が残らない。今もどこかであの資金が利用されているかもしれないのだ。

岸と石田は、カード利用されていた銀座のクラブ「ルパン」に赴いた。

店に保管されているカード利用控えの中からシュタインカードを抜き出し、利用日と利用客を確認したが、どれもサイン欄には飯田と書かれていた。

「この飯田という客を知りませんか？」

石田は事務室に支配人を呼んで、訊いた。

カード利用控えを手に取り、支配人は首を捻《ひね》る。

「ちょっと待ってください」

事務室の引き出しから売上表を取り出し、「まやちゃんですね」と答えた支配人は、担当は藤森まやというホステスで、彼女に聞けばわかるという。

「でも昨年一二月いっぱいで辞めてます」

他に誰か知っている者はいないのかと問うと、「客はみんな女の子に付きますんで、女の子が入れ替わると客層も変わるんです。客がどこの誰かなど、我々にはわかりません」と苦笑いを見せる。

ママを呼んで尋ねたが、「担当じゃありません」とぴしゃり。藤森まやは六本木のクラブに転職したらしいが、仲のいいホステスもすでに店を辞めていたので、店名はわからなかった。飯田の顔写真を見せたが、支配人もママも全く知らない顔だと言う。藤森まやと彼女の友人の住所を教えてくれたが、「ここに入店した時の住所ですから当てになりませんが」と申し訳なさそうにオールバックの頭を指で掻いていた。その後の調査で、彼が言った通り、役に立たない住所であることがわかった。

一方、銀座のブティック「アルファ」での聞き込みで、一二月二一日にカードで商品を購入し、カスタマーカードに登録した女性が浮上した。藤森麻耶、二五歳。自宅は麻布十番で、六本木のクラブ「グランブルー」でホステスを務め、源氏名はまや。銀座のクラブを昨年一二月に辞めた藤森まやと同一人物だった。連れの男がシュタインカードを使用したが、接客した店員は当時の状況を全く記憶しておらず、証言を得ることができなかった。

藤森麻耶の自宅は、新一の橋交差点から赤羽橋方向に入った場所にある地上一五階建のマンションである。藤森麻耶への監視を始めて二週間が過ぎようとしているが、自宅マンションにもグランブルーにもいまだに飯田は現れず、岸と石田は彼女への事情聴取に踏み切った。

「ちょうど今、あそこのコンビニで買い物をしてるよ」

大通りを挟んでマンションの反対側に止めてある白いワゴン車の中で、同僚の賀来重雄が、マンションから二〇〇メートルほど六本木寄りのコンビニを見つめている。

今回の増員で他の案件から加わった賀来は、長年、新宿警察署で暴力団関係の捜査を担当してきたベテラン刑事である。短髪に無精ひげ、右頬の傷痕には、その筋の者と見紛うほどの威圧感がある。

「いつもと変わったところはありませんか？」

「いや、何も」

そう言った直後、目を見開いた。

「おでましだ」

豹柄のタンクトップにデニムのショートパンツ。サングラスに白の野球帽をかぶり、ポニーテールの後ろ髪を揺らしながら、サンダル履きでペタペタと歩いている。岸と石田は急いで車から出ると、大通りを渡り、女のマンションに向かった。

ちょうどオートロックの前に立ち、ポーチからキーを出そうとしている女を、石田が呼びとめた。

「藤森さんですか？」

「誰？」

かすれた声だった。どこか気だるさが漂っている。

「警察の者ですが、藤森さんで間違いないですね」

サングラスの下から意外と涼しげな顔が現れた。目鼻立ちが整い、男を誘うような肉厚の唇が印象的な女である。

「ある男を探していまして。この男なんですが」

石田は飯田の顔写真を示した。

彼女は切れ長の奥二重を細め、石田と岸を順に舐めるように見てから写真を覗きこんだが、すぐに「見たことないわ」とはっきりした口調で答えた。

「もう一度しっかり見てください」

「何度見ても同じよ」と言ってキーを差し込む。

「これ、あなたが書いた物ですよね？」

すかさず岸は、カスタマーカードのコピーを女の目の前にかざした。

「何、これ？」

「銀座のブティック『アルファ』で買い物をした時のものですが」

手に取りしばらく考えていたが、やっと合点がいったらしく、「これがどうかしたの？」と不審者を見る目つきで岸を見つめた。

「アルファでの支払いは誰がしたんですか？」

石田の問いには答えず、何かを探るような目つきをした後、岸たちを誘うように、黙ってマンションの中に入った。


生活感のない小奇麗な部屋だった。一〇畳ほどのリビングには、左側の壁沿いに白のチェストと液晶テレビ、その横には肩ぐらいの高さのフロアスタンドが配置され、中央のガラステーブルの上にガラスの灰皿がぽつんとあるだけだった。

岸たちに目もくれず、彼女はペットフードを与えながらずっと猫に見入っている。何か理由があるのか、話が一向に進まない。何かを躊躇《ちゅうちょ》しているような、それとも話すきっかけをさがしているような、そんな雰囲気だった。

そのうち彼女は、閉まった窓を眺めながら唐突に口を開いた。

「飯田って人じゃなくて赤沢さんよ」

石田は訊き返す。

「赤沢？　赤沢という人が支払った、ということですか？」

「そうよ。飯田なんて人、知らないわ」

「アルファで支払ったのは飯田ではなく、赤沢という人物なんですね？」

「くどいわね」

「現金、それともカード？」

岸が訊いた。

「カードよ」

法律事務所でもらったシュタインカードのサンプル写真を見せた。

「ええ、これ。間違いないわ。いつもと違ったカードだったたから覚えてる」

「赤沢とは誰ですか？」

「なんで警察沙汰になっているの？　まずそれを話してよ」

「それは捜査の都合上、お話しすることはできません」

ふんと鼻を鳴らすと、彼女はポーチから細長い煙草を取り出し、マリンブルーの色をした使い捨てライターで火をつけた。メンソールの香りが漂う。

「彼がいなくなっちゃったの。捜してくれる？」

「赤沢がですか？」

「そうよ。でも、私は全く関係ないから」

「順を追って話してくれませんか？」

彼女は煙草を大きく吸い込み、体中の毛穴からすべての毒素を吐き出すかのように、事の真相を語り始めた。

赤沢は経営コンサルタント会社社長で年齢は五〇代半ば。彼女が勤めていた銀座のクラブ「ルパン」で知り合い、彼女の客になったのが数年前。昨年一二月に赤沢の会社が所有しているこのマンションに引っ越し、その後六本木の店に移った。銀座のブティック「アルファ」での買い物は転居祝いだという。しかし、一月末頃、突然赤沢は姿を消し、いまだに連絡が途絶えている。彼女は赤沢の特殊関係人、いわゆる愛人だ。生活費をもらい、家賃も自分では支払っていない。赤沢が行方不明になったことで、まさにその関係が絶たれようとしているのである。

「彼の会社にも連絡したんだけど繋がらないし、いったいどうしたらいいの」

行方不明になる前も特に変わったことはなく、突然姿を消したのだという。

このカードが最初に使われたのは一二月二二日。カード発行は一二月一七日だから、発行直後に飯田名義のカードがなぜか赤沢という人物の手に渡った。カードを利用していた約一か月間、飯田は不正利用の届けを出していない。カードの紛失に気がつかなかったのか、それともカード利用を承知していて使わせていたのか、あるいは力ずくで奪われたのか。

「このカードの名義は新橋通商の飯田敦です。赤沢は他人のカードを使っていたことになりますが、このカードをどうして赤沢が持っていたのかわかりますか？」

彼女は石田の顔をちらっと見て、「カードの名義が誰かなんて知るわけないでしょ」と吐き捨てた。

石田は飯田の顔写真を彼女の前に突き出す。

「カードを使い始める前頃に接触があったはずです。そうでなければ飯田のカードを持っているはずがありません。何でもいいです。思い出してください」

「何度見ても同じよ。お店の客でもないし、赤沢と一緒にいたのも見たことないし、全然知らないわ」

かすれた声を無理に張り上げ、吸いかけの煙草を灰皿に押し付けた。

11

ＢＰＴはにわかに活気づいていた。捜査対象だった新橋通商の飯田の行方が全く摑めなかったところに、赤沢という重要人物が判明したからである。チームメンバー全員参加の捜査会議は、緊張と興奮に包まれていた。

「赤沢の身元は？」

大会議室に響き渡る声で本間室長は言った。

担当の賀来が立ち上がる。

「赤沢克次、五三歳。大手証券会社、ノザワ証券の元公開業務部長です。八年前、値上がり確実な未公開株の情報を暴力団関係者に流した疑いでノザワ証券を解雇されています。現在は投資運用アドバイザーとして、資金ニーズのある将来有望なベンチャー企業と投資家とのマッチングを目的としたビジネスフォーラムを開催するなど、未公開株ビジネスを手掛けています。これが三年前のフォーラム参加者名簿です。飯田敦の名があります」

賀来が資料を皆に見えるように掲げた。全員の視線がリストに集中する。

飯田建設の二代目社長、飯田敦は、新しい工法による建売住宅建設に進出しようと、新規事業資金を求めて赤沢と親交を持ち、フォーラムにも参加していたのである。飯田と赤沢の接点が、これではっきりした。

飯田は自己破産している。カネでつれば名前ぐらい簡単に貸すだろう。事実、新橋通商は休眠会社であり、代表の飯田名義のクレジットカードは赤沢が使っていた。会社設立、預金口座開設、カード発行、すべて赤沢が主導し、飯田は何も知らされていない可能性がある。

「赤沢の足取りはどうなってる？」

「関係者の証言では、今年一月二八日頃から携帯が繋がらなくなり、連絡が途絶えているとのことですが、携帯の通話記録は残っていませんでした。押収品からは手掛かりは出ていません」

「バロー銀行との関係はどうだ？」

「今のところ、在日駐在員事務所との関係を裏付ける証拠は何も出てません」

本間室長は苦虫を嚙み潰したような顔をした。

「バロー銀行シンガポール支店はどうだ？」

「まだ何も。ただ、昨年一年間の渡航記録を追ったところ、赤沢は頻繁にシンガポールへ行っています。投資ファンドと証券会社を訪問するのが目的のようですので、仕事上、シンガポール金融関係筋にある程度のコネクションを持っていたものと考えられ、バロー・シンガポールと何らかの接点があった可能性があります」

「フォーラム参加企業を中心に、赤沢の交友関係、シンガポールとのかかわりを徹底的に調べろ！」

本間室長は会議の終了を告げた。

12

九月に入っても汗ばむ陽気が続いていたが、秩父宮ラグビー場に吹く風は、清々しい初秋の香りを含んでいた。開幕戦にはちょうどいい天候である。

「岸さん、どうぞ」

打田孝雄からビールを受け取り一口飲むと、フィールドでウォーミングアップをする選手たちの姿を、岸はぼんやりと眺めた。

孝雄を誘ったのはほかでもない、彼のことが気になっていたからだが、気分転換が必要なのは岸も同じだった。仕事にも慣れ、やる気も徐々に出てきてはいたが、疲れが溜まる一方で、持続できるかどうか自信がなかった。

「どうだった、長野は？」

孝雄の口元に笑みがこぼれた。

「すごくいいところでした。栃木の環境NGOのスタッフとか、東京のサラリーマン夫婦とか、若いフリーターとか、いろんな人たちが集まって、いろんな経験ができたので、また行きたいなと思っています」

「林業に興味がある人が多いんだね」

「本来は造林や間伐などの森林整備や、林業従事者の育成のための催しではありますが、参加者の目的は様々なので、主催者も拘っていないようです。山を大切にする心を養って、そこで学んだことを皆に広めてもらいたいと言ってました」

「チェーンソーは大変だったろ？」

「ええ、直径五〇センチぐらいのアカマツの大木となると、なかなかうまく切れません。でも、やり始めると一日があっという間に終わって、筋肉痛の腕や足腰は充実感でいっぱいになりました。林業に興味があったわけでも、田舎暮らしに憧れていたわけでもなかったので、正直、岸さんに勧められた時には抵抗がありましたが、行ってみて本当によかったと思っています。森の香りがあんなにも心安らぐものだとは思っていませんでした」

「また行くといい。今度はいつだい？」

「秋に収穫祭というイベントがあるんです。その時には行こうと思います。岸さんもどうですか？」

「いや、俺は遠慮するよ。仕事もあるし。ところで卒業後のこと、悩んでるみたいだね。お母さんから聞いたよ」

　孝雄は急に視線を落とし、しばらく考えていた。

「大学の友達はみんなどこかしらに決まりましたが、僕はまだそんな気持ちになれなくて。どうしたらいいかわからないんです」

「無理して考えなくていいよ」

「母もそう言ってます。だけど、就活だって、バイトだって、何をやるにも気持ちがついていかなくて――」

「ゆっくり考えればいい。その気になるまで。とにかく焦らないことだよ」

　自分だけが取り残されているという不安を抱く気持ちは岸にもよくわかる。焦るなという方が無理なのだ。

　ファンファーレの中、イエローワイルズとレッドロケッツの選手たちがグラウンドに入場した。

バックスタンドに陣取った両チームの応援団のボルテージが上がる。

レフェリーの笛がキックオフを告げた。

攻め込まれていたイエローワイルズが、フランカーのターンオーバーからウィングへボールを繋ぎ、自陣深くから一〇〇メートルの独走カウンターアタックで先制した。割れんばかりの歓声がスタジアムを覆い、その振動が伝わってくる。

その後は一進一退の攻防が続き、ハーフタイムに入った。

「今年のイエローは強力ですね。特にナンバーエイトはパワーが違います」

岸の目に、打田の背中がぼんやりと浮かぶ。

「父のポジションもそうだったんですよね？　ビデオで何回か見たことがあります」

「タフなプレーヤーだったよ」

「僕も父ぐらい体が大きかったらよかったのにと思ったことがあります」

「確かに大きかったが、ラグビーセンスは君の方が勝っていると思う。あいつは猪突猛進型だったからね」

孝雄は口元をほころばせた。

「岸さんは大学からラグビーを始めたんですよね？」

「ああ、打田に誘われたのがきっかけだった」

「それでレギュラーだなんて、すごいですね」

「同じポジションだった奴が怪我で出られなくなったんだ。ラッキーだっただけだよ」

孝雄も怪我で大学ラグビーを断念した経緯がある。肉弾戦の多いラグビーは怪我との闘いなのだ。

「時々、父の夢を見るんです」

急に複雑な表情に変わり、孝雄は躊躇《ため ら》いながら言葉を継ぐ。

「綺麗な芝生が広がる野原のような場所で、父と二人だけでラグビーをしているんです。僕は嬉しくて子供のようにはしゃぎ回って、父にタックルしたりボールの取り合いをしたり。でも僕がキックしたボールが遠くへ飛んでいってしまって、どこを探しても見つからなくて、父のところに戻ると、そこはもう緑の芝生ではなくなっていた。灰色の荒野には父の姿はなかったんです。父とは一回もボール遊びをしたことがありませんでした。子供の頃からずっと仕事が忙しくて、土日も会社の付き合いで家にいたことがなかった。父は遠い存在でした」

「それでもラグビーを始めたんだね」

「ええ、なぜだか僕にもわかりません。ただ、ラグビーをやっていると父が近くにいてくれるようで。父の気を引きたかったのかもしれませんね」

返す言葉が見つからず、岸はバックスタンドの向こう側に視線を流す。銀杏並木の青々とした葉が風になびいていた。

「すみません、変な話になっちゃって。僕、ビール買ってきます」

孝雄は席を立ち、観客の群れの中へ消えていく。

岸の目の中で、打田の影が色を帯び、彼と一緒にグラウンドを駆け回ったあの頃が映し出された。

母校のためとかチームのためにラグビーに打ち込んでいたわけではなかった。ボールを抱えながらトップスピードで相手のプレーヤーにぶち当たり、撥《は》ね飛ばす。瞬間的に肉体が解放され、何物にも代えがたい喜びを感じた。ただそんな暴力的な快楽が好きなだけだった。肉体が痛めつけられた後の腫れあがった顔や痣《あざ》になった脛が、底知れぬ幸福感に繋がったのだ。

仲間と一線を画す岸の生活態度を、打田はいつも気にかけていたように思う。ラグビーシーズンが終わり、岸以外はすべて就職先も決まっていた時期、打田は岸を呼び出し、こう言った。

「公認会計士って知ってるか？　お前のような気ままな人間には合ってるかもしれないぞ」

打田からそう言われてその気になったのは、新宿のバーでアルバイトに明け暮れていた岸にも、将来の不安があったからだった。

会社組織には不向きな自分は、出世など望めるはずがない。それならば好きなことをして暮らしていた方がいい。そう思ってはみたものの、好きなことすら見えてこない岸の焦りを、打田はわかっていたのかもしれない。

彼のあの言葉がなかったら、その後の自分はないだろう。

振り返ると、岸に残ったのは悔恨でしかない。自分が打田のことを少しでも理解していたら、彼は事件に巻き込まれずに済んだかもしれない。孝雄から平凡な大学生活や将来の夢を奪うこともなかったろう。だが、誰もが成果を求められ、すべての行動が成果と結び付けられていた環境では、そんな余裕などあるはずもない。自分だけではなく誰もがそうだった。だが他人のことを気に掛ける者など、あの世界にはいない。自己弁護なのはわかっている。それが現実だったのである。

13

岸が殊勝にパソコンに向かっていると、石田が大きく背筋を伸ばして溜息をついた。

「さすがに疲れますねえ。フォーラムの参加企業なんて一二〇社もあるんですよ。その関係者も合わせたら大変な数です」

頭をボリボリ掻きながら、石田は呟く。

すでに夜八時近くになり、同僚の姿はまばらになっていた。

そこに、萩原からのメールが届いた。

パソコンを見つめる岸の横から、石田の顔がにょきっと突き出た。

「何です、それ？」

「『クラブまや』の所在地調べだよ」

「ああ、あのライターー」

藤森麻耶が自宅で使っていた使い捨てライターに、店名と思われる「クラブまや」という文字と電話番号が印字されていたのが気になり、市外局番の記載のない電話番号――「337-●※△×」――を確認すると、東京ではないことがわかった。

彼女はそれについて、こう答えたのである。

「そんなお店知らないし、誰にもらったのかも覚えてないわ。偶然私の名前だっただけでしょ。お店のテーブルに誰かが置き忘れたのかもしれないわね。言っておくけど、赤沢はいつも私のあげたライターを持ってたから彼のじゃないわよ」

聞いてもいないのに弁解がましい口ぶりだったのがどうも気になり、岸はその場所を突き止めようと、萩原に全国の電話番号調査を依頼したのだった。

添付ファイルを開くと、リストには該当する市区町村と市外局番が記載されていた。

仙台市　022

福島市　024

……

「あるもんですね」

「これから電話で確認するから手伝ってくれないか。ちょうど今なら店は開いているだろうから」

岸たちは手当たり次第に電話し、相手先の状況をチェックリストに記録していった。

多摩市：個人宅、市川市：歯医者……

留守のためか応答がない相手先や留守番電話に切り替わる先もあったりで、なかなか「クラブまや」にたどりつけない。

「これで最後です」

石田が熊本市の電話番号を押した。岸は固唾をのんで彼の反応を見守っていたが、二〇秒近くが経った時、石田が受話器を置いた。

「留守です」

　夜一一時近くに再度電話したが、どこも「クラブまや」ではなかった。

　翌朝、連絡がつかなかった相手先に確認したが、結局すべての電話番号が、「クラブまや」とは関係ないことがわかった。

「クラブまや」のライターが昔作られたものだとしたら、利用者数の増加などで市内局番が変更され、現在は四ケタになっている可能性がある。萩原に依頼し、全国の四ケタの市内局番を調べ直してもらい、片っ端からかけ直したが、それも期待外れに終わった。

「こんなことってあります？」

　石田が狐につままれたような顔つきで頭を捻っている。

「店が潰れたとか職業を変えたとか。それで電話を解約した後、新加入者の電話番号として使われているのかもしれないね。飲み屋の開廃業は頻繁に起こるから、すでに廃業した店なんだろう」

「いずれにしろ、全国の電話番号を調べたんですから、あのライターでは何も摑めないことがわかったということですね」

14

赤沢の新たな情報を得たのは、それから数日後のことである。

六本木のクラブ「グランブルー」に近いカフェにまず現れたのは、不快感を露わにしている藤森麻耶。銀座のクラブ「ルパン」で一緒に働いていた友人の山口美香も、少し遅れてこの店に来ることになっている。

「赤沢の交友関係で確認したいことがあります」

石田が藤森麻耶を覗き込むように見た。

カードの使用を開始した昨年一二月二一日の前ぐらいに、銀座の他のクラブでいつもとは違う人物と一緒にいたとの証言を得たが、その人物がいまだに特定されていなかったのである。

シュタインバンククレジット裁判の記録からバロー銀行に口座を持つ飯田を突き止め、そこから赤沢に繋がった『赤沢ルート』にBPTは全面的な期待を寄せ、飯田、赤沢両名の追跡に力を入れているが、一〇〇〇億円もの口座資金に対し、わずか五〇〇〇万円のクレジットカードでは金額的にあまりに少なすぎることから、他に主犯格がいるのではないかと見ている。

　飯田名義で作られたカードが赤沢に渡った直後、担保が取り消されているのも腑に落ちない。赤沢がそれを知らずにカードを使用していたのなら、赤沢の行方不明と何か関連があるのかもしれない。捜査は深い闇に差し掛かっているようだった。

「もう何度も話したでしょ。他の店でどんな人と飲み歩いているかなんて知らないわ」

「よくシンガポールに渡航していたようですが、シンガポールでの友人を、どなたかご存知ないですか？」

「知らないって言ったでしょ」

　ポーチからメンソールのタバコを取り出し、彼女は気を紛らすように大きく吹かした。

　そこに真っ白なワンピース姿の女性が現れた。

「初めまして、山口です」

　少し垂れ気味の大きな目と丸みを帯びた頬。柔らかな表情にはおっとりとした性格が表れている。新宿の事務機器販売会社で昼間はＯＬをしているというのも、なんとなく頷けた。

　石田の質問に、赤沢とは銀座のクラブ「ルパン」で何度か席についたことがある程度で、藤森を介しての知り合いだから個人的な付き合いはないと、電話で問い合わせた時と同じ答えを繰り返した。

「お店では、赤沢とどんな話をしていたんですか?」

山口美香は首を傾げている。

「そうですね……シンガポールの話はよくしましたよ」

父親の仕事の関係で、小学校までシンガポールで暮らしていたという。

「昨年の一二月頃に、何か話題になったことがありますか?」

手のひらを頬にあてながら呟くように言う。

「確か、シンガポールのカジノの話になりました。シャンパンやワインをご馳走してくれたので、赤沢さん、かなり景気が良かったんです。その時、シンガポールで儲けたって言ってたような気がします」

「カジノ?」

「ええ、私、カジノに行ってみたかったので、その話で持ちきりになって、じゃあ今度、運だめしに行こうかっていう話になったんですよ。ねえ、麻耶?」

戸惑いながら「そうだった?」と、藤森は関心がなさそうな顔つきをしている。

「そんなに儲けたんですか?」

「さあ?」

五〇〇〇万円のクレジットカードがカジノの賞金のはずはないが、シンガポールに何か関連しているのかもしれないと岸は感じた。

「他にはどんな話を？」

「うーん……ラッキーアイテムですかね」

「え？」

石田が思わず声を発し、岸は首を傾げた。

「カジノに勝つためのラッキーアイテムを、赤沢さんに聞いたんです」

山口美香は携帯を取り出し、岸と石田の目の前にかざす。

「ホワイトベアです」

どこかのファンシーショップで撮った、シロクマのぬいぐるみの画像だった。


一通りの聴取を終えた時には、すでに夜八時を回っていた。全面ガラス張りのウィンドウに、雨がしたたっている。

「あれ、来てくれないんですか？」

山口美香の視線が、岸を誘っていた。

「私は遠慮するよ。君一人で行ってくれ」

「岸さんも行きましょうよ。これも仕事のうちです」

彼女たちに事情を聞いた後、グランブルーに行くことになっていたのだが、岸は体調がすぐれず、その気になれなかった。クラブには何度か行ったことはあったものの、通勤電車で女性専用車両に乗ってしまったような息苦しさに襲われ、気が休まったためしがなかったのである。男と女の騙し合いの場には、岸は不向きのようだった。

「調査に協力してあげたんだから、こっちにも協力してよ」

ノルマが厳しいのだろう。藤森は言い放つ。

岸は仕方なく付き合うことにした。

しゃぶしゃぶで有名な高級レストランの先に、グランブルーはある。路地のような狭い通りを、社用車や高級外車がこれ見よがしに走っていた。

「ちょっと、気を付けてね」

岸の横を黒塗りの大型外車が通り過ぎた時、ビチャッと水が撥ねた。

「やだ、大変！」

「岸さん、濡れてますよ」

藤森はハンカチを岸に差し出した。

「いいよ」

「駄目よ。ほら」

岸はそれを受け取り、スーツを拭きながらベントレー・コンチネンタルを目で追う。グランブルーの先にあるクラブの前で止まったのが見えた。

それを横目で眺めながら、重い足取りでグランブルーの入口へ続く階段を上った。

15

「あのお店、なかなか楽しかったですね？」

昨夜はずっと息が詰まり、早く帰りたくて仕方がなかった。寝不足と飲み過ぎだけでなく、あの店の居心地の悪さも体調不良の原因なのだと岸は思っていたが、石田は全く違うらしい。

「しかし、それ落とせるの？」

クラブの領収証が、石田の机の上にある。

「それが問題なんですよね。佐々木女史は厳しいですから」

財政事情の悪化や警察の不正会計問題などもあり、最近、経費のチェックが厳しくなっている。

「あ！　噂をすれば影です」

定番の白のブラウスに紺のロングスカート。老け顔でやせ形の体型は、口うるさい経理のお局を絵に描いたようである。部屋の入口で顎を突き出し、メガネの奥の目を光らせながら辺りを見回している。

「本間室長はいる?」

「今、席外してますが」

石田の顔を窺いながら、佐々木は室長席に歩み寄ると、山のように積まれた書類を無造作に脇に寄せ、持ってきた書類の束を机の真ん中にバサッと置いた。

「困るわよ。こんなのを経費扱いにできると思っているの」と石田を睨みつける。

「あなたに言っても仕方ないけど」

「何ですか?」

「旅費精算書よ。とにかく、飲食費は上がうるさいんだから、目的をもっと具体的に記載して。でないと自費だからって言っといて。忙しいのはわかっているけど、それがルールなんだから。こっちだって時間がかかって終わらないじゃない」

さんざん文句を言った後、「その机の上、何とかならないの。ウジ虫がわくわ」と捨て台詞を残し、佐々木は去っていった。

「室長、何に使ったんでしょうねえ」

石田は室長席の上の書類をめくる。

「やっぱり、飲み屋の領収証です。『クラブゆき』」と言った後、言葉に詰まった。

「岸さん、ちょっと！」

急いで室長席に行き、岸は書類を見る。旅費精算書フォームを表紙に、数枚が綴られている領収証の中に、赤色の付箋が貼ってある。その「クラブゆき」と書かれた領収証を見て、はっと息を呑んだ。

住所欄には、〈中国上海市○区※路〉と記載されているのである。

表紙に戻って旅費精算書を見ると、先日、中国捜査当局との情報交換を目的として渡航した上海の出張経費と記載されていた。

「何か用か？」

背後から声がした。

「室長、これはいったい何ですか？」

精算書を見て、本間室長は眉を曇らせる。

「やっぱり経費じゃやだめだってか？」

「旅費精算のことじゃないんです。何で上海に日本名のクラブがあるんですか？」

詰め寄った岸と石田の顔を、本間は順に眺めた。

「お前ら知らないのか？」

日本人駐在員が多いアジアの都市には、必ずといっていいほど日本人のためのクラブがある。そこで働く現地人のホステスは片言の日本語で接客し、日本語のメニューがあり、日本のカラオケまで完備されている。ローカルの飲食店よりもやや高めだが、言葉の問題がないため駐在員はよく利用するのである。

「岸さん、もしかして」

「ああ、『クラブまや』は海外の店かもしれない」

「どこなんでしょうか？」

上海の局番は3ケタではない。シンガポールかもしれない。

胸が高鳴った。

自席に急ぎ、机の引き出しからシンガポール捜査当局の電話番号リストを取り出す。

＋65《国番号》　6543《市内局番》　×●※△

市内局番は4桁だった。

がっくりと肩を落とす。顔を覗かせた石田も同じようにうなだれた。

「どうした？」

本間室長の声がかすかに聞こえた。

使い捨てライターに印刷された「クラブまや」の場所を調査していたことを、岸は報告する。

「それでシンガポールの電話番号だと？」

「ええ、そうです。国内を探しましたが該当しませんでした。赤沢はシンガポールにしばしば渡航していますし、シンガポールには市外局番がありません。市内局番から印刷されていたとしても不思議ではないと思ったのですが、四ケタでした」

「しかし、妙だね。使われていない電話番号とは？」

本間は椅子に体を預け、腕を組んで天井を見上げている。

「市内局番が四ケタに変更された可能性もあったので再度調べたのですが、それもカラ振りでした」

「そうか」

本間は唸《うな》ると、その直後、大きな垂れ目を見開いた。

いきなり机の引き出しを開けて中身をひっくり返し、名刺ホルダーを探し出す。引き裂かんばかりに勢いよくページを捲り、ようやくそこから一枚の名刺を取り出した。

「やはりそうだ」

岸は名刺を受け取り、それを見ると思わず口にする。

「三ケタ？」

「三ケタから四ケタに変更になったんだ。確か二〇〇〇年代に入って数年してからだと思う」

名刺はシンガポール国際犯罪課の係長のものだった。

局番が三ケタの時に作った使い捨てライターが残っていて、それを店の関係者が使ったり、ライターを忘れた客のために使うことは充分考えられる。

シンガポールとの時差は一時間。

岸は受話器を取った。

電話番号の登録者を調べてもらい、その回答が来るまでそれほど時間はかからなかった。

――「クラブまや」はシンガポールに実在した。

16

藤森麻耶に「クラブまや」の件を問いただしたところ、ようやく重い口を開いた。あのライターは赤沢が使っていたもので、シンガポールの店であることも知っていた。「やばいことには関わりたくなかったから」と吐露した彼女は、「絶対見つけてよ」と切羽詰まった表情で釘を刺し、供述を始めた。

赤沢は昨年一二月頃何らかの裏情報を得て、それをネタに誰かを強請《ゆす》り、多額の資金を引き出していた。それがあのクレジットカードだという。彼女はその裏情報の詳細も、資金の出所も知らされていなかったが、シンガポールに絡んだことだと知っていたため、自分が巻き込まれることを恐れ、「クラブまや」について黙っていたのだった。

真相を探るべくシンガポールへ飛ぶことになったものの、行く気満々の石田は、警視庁の継続案件の引き継ぎのため、急遽駆り出された。

石田は何度も「いいなあ、岸さんだけ」と愚痴をこぼしていた。

岸一人での海外出張となったのは、捜査員不足と、いまだ犯罪捜査に至っていない情報収集段階だったことが大きな理由だが、本間室長の本音は経費節減にあったのではないかと岸は考えている。


シンガポール・チャンギ国際空港の自動扉から一歩外に出ると、熱帯雨林気候の湿った空気が漂っていた。

額の汗を拭い、辺りを見回す。目の前に白のセダンが止まり、浅黒い顔をした、三〇代半ばに見える中国人らしい男が降りた。

「岸さんですか？」

小柄だが、ワイシャツのボタンがはち切れそうなくらい胸板が厚い男だった。

「シンガポール警察のデイビッドです。よろしくおねがいします」

シンガポールへの捜査共助要請により、捜査に協力するため同行することになった捜査官である。

岸たちは挨拶を交わし、車に乗った。

「賀来さんにはいろいろとお世話になりました。新宿警察の協力を得て麻薬組織の摘発にも成果をあげられたし、何より私の命の恩人なんです」

日本へ逃れた組織の一員を追って来日した際、デイビッドは歌舞伎町で暴力団の発砲事件に巻き込まれ、流れ弾に当たって負傷した。一緒にいた賀来はデイビッドを近くの病院まで自ら運び、寝ずに看病したという。

彼はハンドルを握りギアを入れた。

「ところでバロー・シンガポールの件はどうです？」

「駄目ですね。運用業務を主体にしていますので、顧客は主に投資銀行です。金融当局から取引企業のリストを入手しましたが、日本企業との取引は見当たりませんでした」

「日本との関係がまったくないというのも不自然ですね」

「直接の取引はないという回答を得ていますが、何か後ろめたいことがあれば顧客情報を隠すでしょうから、本当のところはわかりません」

正面玄関からは入れてくれない、ということである。

「まずどこへ向かいましょう？」

「クラーク・キーへ」

車は強烈な日差しの中、イーストコースト・パークウェイを市内に向かった。

「本間室長から聞きましたが、シンガポールにはよくいらしてたみたいですね。アジア出張が多かったんですか？」

「ええ、前の会社の支社があったのでここにはほぼ常駐していたことがありました。香港、マカオ、上海にもよく行きましたよ」

「そうですか。では懐かしいでしょう」

「ここは私にとって、忘れられない街の一つです」

岸はドアウィンドウの外に視線を流す。

沿道でゆったりとなびくアンサナの間から、水平線が見え隠れしている。目の前を通り過ぎた白い二階建てのシーフードレストランには見覚えがあった。砂浜に置かれたテーブルで、海を見ながら打田と食事をした記憶が残っている。あれはいつのことだったろう。会社の仲間もいたはずだったが、他の顔は全く思い出せない。屈託のない打田の笑顔だけが印象深く頭に刻み込まれていた。

マーライオンが立つマリーナベイからシンガポール川を一キロほど遡ったクラーク・キーに、赤沢の定宿としていたホテルがある。

「赤沢さんはいつも一人で宿泊していたようです」

赤沢を知る日本人スタッフは、ホテルのラウンジで誰かと一緒にいたのを見たことはあるが、それが誰なのかはわからないと首を横に振った。

事前に依頼していた赤沢滞在日の日本人宿泊者名簿を受け取り、岸は次に向かった。

セントーサ島にあるセントーサ・ゴルフクラブに立ち寄り、責任者と面談し、赤沢と一緒にプレイした者のメンバー表を入手してから、すぐ近くのリゾート・ワールド・セントーサのカジノへと足を運ぶ。

カジノの事務室で、会員登録を行った際の従業員を呼んで赤沢の写真を見せたが、ここでも新たな情報は得られなかった。

大勢の日本人が訪れる人気スポットであり、よほどのＶＩＰでもなければ顔を覚えられることもないのだろう。手掛かりになるものは一つもなかった。

事務室を出てカジノ入口に向かう。

シャンデリアが煌《きら》びやかな輝きを放ち、磨き上げられたクリスタルの置物やスロットマシンを淫靡《いんび》な色に染めていた。まだ昼間だというのに多くの来場者がマシンを取り囲み、挑発的な黒のドレスを纏ったホステスたちが、甘い香りを撒き散らしている。

マカオのカジノにはよく行ったな――。

打田と行ったマカオのカジノを、岸は思い出す。休日を利用して、日ごろの憂さを晴らそうと、思い切り遊興にふけっていたあの頃。打田は昼からカジノへ入り浸り、ほぼ外気に触れることはなかったと思う。

「また負けたのか？」

マカオのホテルのスイートルームでくつろいでいた時、打田から最上階のバーに呼び出され、カジノの反省会に付き合わされたことがあった。

「今日はどこへ行った？」

すでに酔いが回っていた打田は、どことなく機嫌が悪かった。

カジノに飽きたので、街をブラブラ歩いていたと岸が答えると、途端に顔を歪めた。

「街歩きだと？　そんな趣味があったのか」

「お前ほどギャンブル好きじゃない」

「仕事がギャンブルみたいなもんだからな」と打田は哄笑して、皮肉った。

「そうかもしれないが、仕事ではマイナスがない。いったいいくら負ければ気が済むんだ」

今まで、打田の勝ったところを見たことがなかった。

「『見えざる手』だよ」

カジノで大惨敗し、内心は悔しくてしようがないはずなのに、打田がそう言い放つ。

「『国富論』とカジノにどんな関係があるんだ?」

「俺が落としたカネが大陸から出稼ぎにきたマカオの労働者を潤す。それがアジア全土に還流される。いいことじゃないか。これで経済は成り立っているんだ」

「まあ、お前のすったカネもそう考えれば社会に役立っているってことか」

「カネは天下の回りモノだ。今日すった分ぐらい明日儲けてやる」

打田は大仰に胸を張り、水割りをがぶりと飲んだ。

あの頃の打田の賭け方は中国人ギャンブラーとためを張り、チップの山は周囲の目を引いていた。自分の稼いだカネをどう使おうと、他人には関係ないことである。むろん、投資に失敗し借金を抱えた岸には、打田を批判することはできなかった。今思うと、何かの抑圧から逃げようと、打田ははけ口を求めていたのかもしれない。

17

デイビッドとは昼食後に落ち合うことにし、岸はシェントンウェイとクロスストリートの交差点で車を降りた。

この界隈は、高層ビルが道路沿いに壁を作るように建ち並ぶエリアだが、歩道や空地には、ロイヤルパームやタマランツリーが青々とした葉を茂らせ、東京の丸の内とは全く異なるビジネス街である。

交差点近くにあるラオ・パ・サ・フェスティバルマーケットという名のフードコートに入った。中央部分にテーブルと椅子がぎっしりと置かれ、周りには様々なローカルフードの屋台レストランが並んでいる。まだ昼飯前のため、人はまばらだった。

岸が中央のテーブルに近づくと、真っ白なノースリーブのインナーを着た女が、むっとした顔を岸に向けていた。

「レディを待たせちゃだめよ。相変わらずね」

自分をレディと呼ぶ倉木あずさほど男勝りの女性を、岸は見たことがない。監査法人時代の同期だった彼女は、弁護士と結婚したが一年で別れ、ニューヨークでUSCPA（アメリカ公認会計士）の資格を取ると、日米で活躍する会計士となった。今も独身だが、男性の取り巻きは多いはずだ。

岸がSOLインベストメント勤務時に、彼女の会社が運営するファンドの業務に携わったことからシンガポールで偶然遭遇し、今回が一年ぶりの再会となる。今は米系投資銀行のコンプライアンス部に勤務し、日夜、運用業務や会社全体の法令遵守に目を光らせている。

ショートヘアと小麦色に焼けた肌、凜とした顔立ちは以前とまったく変わらなかった。

岸たちはそれぞれ好みの店に行き、ランチを買ってテーブルにつく。

「絞り込んでるね？」

岸はスパイシーな鶏のから揚げにかぶりついた。

「ランニングやってるのよ。今秋はベルリンマラソンよ」

浅黒く締まった手首に、GPS機能付きのトレーニングウォッチが見える。月間三〇〇キロのランニングとジムでの筋トレを毎日欠かさず、年に二回、欧米の都市で開催されるフルマラソンに参加するという。

「ベジタリアンで、マラソンなんてカロリー不足だろ？」

「ベジタリアンじゃないわ。肉を食べないだけ。ほら」

目の前を見ろと顎をしゃくった。大皿に盛られた野菜の横に、魚のポワレがあった。

「そう言えば、先週、脇田君と会ったわよ。税理士法人作ったって言ってた。みんな独立してうまくやってるんだね」

「あいつは貪欲な税理士だったからな。ところでお前の会社はどう？」

「まずまずよ。昨年末は、ファンドでぼろ儲けできたわ」

「インドショックか？」

「うん。ベアを仕込んでいたのよ。株式市場があんなに暴落したからね。でも、最近は相場が乱高下してるから、通算したらそんなに利益は上がってないわ」

ベアか――。

岸は、山口美香の言ったラッキーアイテムのシロクマのことを思い出した。ベア《bear》とはクマのことであり、株式運用における売りポジションを意味する証券用語である。

赤沢は、インド相場の下落をきっかけとした世界的な株式市場の暴落、いわゆるインドショックで、多額の利益を得たのだろうか。ふと岸は、頭の片隅でそんなことを思った。

「ところでバローの件って何なの？」

先日、バロー銀行についての業界情報を彼女に尋ねたところ、バロー銀行の経営企画室から転職してきた男がいると教えてくれた。岸は自分が捜査官であることを伏せて、そのオランダ人を紹介してほしいと頼んでいたのである。

「バローについて聞きたいことがあるんだ？」

彼女は眉をひそめた。

「そんなことはわかってるわよ。いったいバローがどうしたの？」

「大したことじゃない」

「大したことじゃなかったら頼まないでよ。こっちだって忙しいんだから」

「今やってる仕事の関係だ」

「まあ、推測はできるけど」

彼女はジャスミン茶をすすり、片手でグラスを持ったまま上目づかいで岸を見た。

「ドイツの強制捜査で何か見つかったのね」

「詳しいことは話せないが、お前が考えている通り、あるものが見つかった」

「やっぱり――。わかったわ。協力してあげる。だけどそれ相応のインセンティブを要求するわよ」

岸は苦笑しながら頷く。

「ところで、この前、ゆづきに会ったのよ」

岸は、ウーロン茶のグラスを持つ手を止めた。

「ワシントンDCにいるの、知ってる？　ＩＭＦの本部よ。こっちに出張で来た時、一緒に食事したの。元気そうだったわ。連絡、取ってないみたいね」

取ってはいない。いや。取れるわけがない。

胸の奥が重い気分になった。

「もう美南ちゃんも高校生になったんだって。ずいぶん昔、ＮＹで一度会ったきりだから、今会っても顔がわからないかもね」

元気でやってるのか、と問いたかったが、言葉が出てこなかった。間を繕うようにグラスを口に運ぶ。

「連絡してあげれば」

「ゆづきがそう言ったのか？」

「ううん、何も」

「あいつは俺と話したくはないだろう。それに、美南には近づいてもらいたくないはずだ」

「別れた女のことを湿っぽく考えるのは、どの男も同じなのかしら」

「何が言いたい？」

「ゆづきは、もう何も思っていないわ。それに、美南ちゃんはパパがどんな人なのか、最近すごく興味を持ってるらしいの。ゆづきも会わせたくないなんて言ってなかったわよ」

「大きなお世話だ」

動揺を隠そうとポケットのタバコに手を伸ばしたが、ここは禁煙だと気付いた。

美南に会いたいと思うこともないわけではない。だが、会ってどうする？　という気持ちが先に立つ。それでも思いを断ち切れない自分に、岸は苛立つこともあった。会ってしまったら、情けない自分を曝《さら》け出すことになるだけだろう。そんなぶざまな姿は見せたくない。かつて、藤原ゆづきという女と愛し合い、生活をともにしたことがある。ただそれだけの些《さ》細《さい》な出来事なのだと岸は心に言い含め、胸の奥にしまい込むしかないのだった。

「もし、連絡先が知りたければ言ってね」

彼女はすっと立ち上がり、軽く手を振ってその場を後にした。

やり切れない思いだけが、岸の胸にこびりついていた。


ランチ後、一番近場の聞き込み先から始めることにし、岸たちはラッフルズプレイスの金融街にある投資ファンドの運営会社、フォーサイト・アセットマネジメント社のファンドマネージャー、ジョン・ブラウンの元に向かった。

事前の調査では、日本企業との取引は見当たらなかったが、そもそもファンドを通じた投資は実態が摑みにくい。

例えば、日本で横領した資金をファンドを通じて国外に持ち出し、さらに複数のファンドを介在させれば、実名を隠してセプタム口座に送金することができる。突破口を開くには、赤沢との関係を聞きだし、そこから端緒を探るしかないと岸は考えていたが、ゴルフ場のメンバー表にも載っていたジョン・ブラウンは、なかなか手ごわい相手だった。

赤沢とは仕事上の付き合いだけで、行方不明の理由もわからなければ日本企業との取引も一切ないと言い放ち、業務中で忙しいからと、早々に岸たちは追い出された。

なんの収穫もないまま、次に向かわざるを得なかった。

18

大型高層ビルの建ち並ぶ金融街の片隅に、そのこぢんまりとしたビルはあった。

ベルクールに本社のあるワールド・マーケット・リサーチ社シンガポール支社は、シンガポールにある運用会社の業界情報を扱っている。

バロー・シンガポールの運用について、特に辛辣な内容の記事を配信していることが気になり、岸は面談を取り付けたのだった。

「バローがシンガポールに進出したのは一〇年前です。その時にはまだ従業員三〇人ほどの小規模な会社でした。当初は、主にアジア株を中心に堅実な運用をしていましたが、最近ではデリバティブ商品を取り扱っていて、よりアクティブな運用にシフトしています」

見た目は三〇歳そこそこだが、支社長というだけあってエミリエンヌ・マグリットの受け答えには隙がなく、冷静な表情からは何の感情も読み取れなかった。

「運用に問題があると記事にはありましたが？」

「三年ぐらい前から始めたデリバティブファンドの損益状況は、かなり悪いのではないかと見ています。非公表なので正確にはわかりませんが、私たちがリサーチしたところでは、多額の運用損失が発生し、投資家からのクレームが多発しているようです。バローはそれら不都合な情報を隠そうと、損失補塡などの法令違反も行っているという噂があるくらいです。内情はかなり苦しいのではないでしょうか」

歴史のある優良企業とは程遠い内容に、岸は首を傾げる。プライベートバンクがデリバティブを推奨することなどあり得ない。違和感を抱くのは当然のことだった。

「なぜそのような運用に変わったんですか？」

「組織が肥大化したからでしょう。数万人の雇用を支え続けるには、利潤優先の経営にならざるを得ません。グローバル展開する大手金融機関との世界的な顧客獲得競争にも拍車がかかっています。生き残るためにリスク商品に手を出すのも当然のことと言えます。でも、運用方針の変更と法令違反とは別です。倫理観の欠如としか言いようがありません。噂が真実であれば、ベルクールの貴族の名を汚す卑劣な行為です」

財務捜査官である岸にバローの犯罪を訴えようとでもしているのか、淡々とした口調だが、その言葉には彼女の気持ちが表れているようだった。

ひとたび営利追求に走った銀行はもはや後戻りできない。優良顧客を繋ぎとめるために損失補塡に手を染めることもあるだろう。犯罪には至らずとも、それに近いことはどこでもやっている。彼女の正論は理解できるが、その現実を変えるのは難しいだろうと岸は思った。

「バロー・シンガポールと取引をしている日本人や日本企業をご存知ですか？」

エミリエンヌは少し眉を寄せて、首を振った。

「ファンドでの運用ですので、誰が投資しているのかは特定できません」

「それではバローの在日駐在員事務所との関係はわかりますか？」

「基本的に、ここは欧米の投資銀行からの受託業務ですから、バロー・シンガポールと在日駐在員事務所との関係はないと思いますし、そのような話を聞いたことはありません」

バローの実情を垣間見ることができたことは収穫だったかもしれないが、とっかかりが見出せないことに変わりはなかった。

新たな情報があったら連絡してほしいと言い残し、岸たちはオフィスを後にした。

19

デイビッドが駐車場に車を取りに行く間、岸はシェントンウェイに面する大きなビルのエントランス前に移動した。

確かここはSGXビルだったな——。

岸はエントランスホールに目を移す。

回転式ドアがあたかも血管と心臓を繋ぐ弁のように、多くのビジネスマンを吸収しては、吐き出している。アジアの中でも、国際的なネットワークを持つビッグマーケットに成長したシンガポール証券取引所の入るビルである。

ガラス張りの壁を通し、広い吹き抜けのエントランスホールで何かが鈍い輝きを放っていた。

「岸さーん」

デイビッドが大通り沿いに止めた車の窓から手を振っている。岸は駆け寄り、ドアに手をかけたまま振り返った。ホールの壁際に、光沢を帯びるオブジェが見える。

「ちょっと待ってください」

ガラスの壁に近づき、内部を覗き見る。

高さ一メートル程の台座に並んだ白いクマと黒いウシの大理石像だった。その狛犬ほどの大きさのシロクマは平伏するように頭を垂れ、その横で、黒いウシが今にも襲いかかろうと角を持ち上げている。

車から降りてきたデイビッドが、「何でここにクマとウシの像が？」と呟く。

ウシが上昇相場を、クマが下落相場を意味する証券用語であり、株式市場の象徴だと説明すると、デイビッドは「なるほど」と感心していた。

岸はマリーナベイで車を降り、警察署へ戻るというデイビッドと別れた。

マーライオンのある小さな公園から、プロムナードが湾沿いに続いている。道沿いのレストランの窓際で夕食をとりながら、変わってしまったマリーナベイの風景を眺めていた。店のスタッフの顔ぶれは変わり、岸を知っている者は誰一人としていない。

なぜ、この場所に来たんだろう——。

案件が思うように進まず、打田と二人、この店で悶々《もんもん》と酒を飲み明かした日々が思い出され、何かに押しつぶされそうな圧迫感を岸は覚えた。

ここから逃げ出したいという感情が岸の体の中で湧き上がっている。それでもここに足を運ぶことができたのは、永友に過去と向き合えと言われたことが、頭の片隅に残っていたからかもしれない。前向きな気持ちになっている証拠だと心を強く持つ。

テーブルに歩み寄るウェイターを、岸は見上げた。首から金色のペンダントがぶら下がっている。

あの男の胸元に輝いていたペンダントを岸は思い出した。

トニー・クレマンとは、ゲイランの闇賭博場で打田に紹介され、一度会ったことがあるだけだった。異様に鋭い目と六芒星の形をした黄金色のペンダントの印象以外は、顔つきも会話の内容も、背丈や服装の記憶すら、岸には残っていない。それでも彼のことが頭から離れないのは、インサイダー捜査で何度も同じ質問を受け、同じ答えを繰り返したからだろう。

そうでなければ、ただ一度しか会ったことのない男のことなどとうに忘れている。結局、何の手掛かりもないまま、真相は闇に消えた。

20

レストランで食事をした後、胸を突きあげるような息苦しさに見舞われ、約束の時刻に一〇分、遅れた。

ビル前の駐車スペースに止めた車のドアが開き、デイビッドが頷く。

大通りの華やかさとは打って変わって、ネオンサインの寂れた光だけが、「クラブまや」が入るビルの外壁を照らしていた。

一人がやっと通れるくらいの薄汚いコンクリートの階段を、蚊柱を払いのけながらゆっくりと上る。突き当たりには「フットマッサージ」と日本語で書かれた立て看板があり、その右隣のドアに、「クラブまや」の木製プレートが見えた。

店内は薄暗く、オープン前のようにひっそりとしていた。臙脂《えんじ》のタイルカーペットが敷かれた通路に沿って、パープル色の壁にドアが並んでいるのが見える。天井の蛍光灯が薄赤色を放っているのが気色悪く、どうにも落ち着かない。手前の半開きのドアの内部は、一〇人程度が入れるスペースに、大きな液晶テレビが設置された、いわばカラオケボックスのような個室だった。

「いらっしゃいませ」

ぎこちない日本語が聞こえた。隣の個室から顔を出していた若い女が岸たちを確かめると、通路の向こうに姿を消す。女のいた部屋の中には、ホステスが五、六人、暇そうにタバコを吸っていた。店にはまだ客は一人もいないようだった。

「確かにこの店のライターに間違いないです」

昔作ったライターを赤沢に渡したのだと、藤森麻耶の使っていたライターの画像を見たママは、なかなか流暢《りゅうちょう》な日本語で答えた。

店名とは何の関係もない中国系シンガポール人で、若づくりだが目じりには何本かの皺がくっきりと見える。白のドレスがピッタリ張り付いたほっそりとした体型で、ゴールドのネックレスとブレスレットがやけに重そうに目立っていた。

「まだありますよ」

奥から持ってきた使い捨てライターを手に取り、岸は同じものであることを確認した。

赤沢が今年一月末から行方がわからなくなっていること、彼がある事件の重要参考人であることを、岸はママに伝えた。

「私、今年に入って病気で一か月ほどお店を休んでいたんです。ですから、最後にいらしたのは去年の一二月終わり頃だと思います。店を再開した時にメールしたんですが、返信はありませんでした。どうしたのか心配していたんです」

「何か心当たりは？」

「まったくありません」

「ここでの支払いはキャッシュでしたか。それともカード？」

「キャッシュです。カードはなるべくやめてもらってるんです」

「支払いはしっかりしていたんですか？」

「赤沢さんはいいお客さんです。特に昨年はよくいらしてくれたし、いいお酒も入れてくれました。今年に入って来てくれないから大変ですよ」

赤沢の来店日と売上金額を確認すると、普段は三〇〇Sドルの飲み代が、一二月には三〇〇〇Sドル以上になっていたことがわかった。

「赤沢さんは誰かと一緒だったんですか？」

「いつも一人でした」

「どんな話をしてました？」

「どんな話と言われても、いつもお酒を飲んで歌を歌っているだけでしたから」

「担当の女の子はいますか？」

「ええ、いますよ」

しばらくしてスリムで小柄な女性が現れた。大きな目をくりくりさせながら「シェリーです」と小気味よい声で言い、岸の隣にちょこんと座る。二〇代前半に見える中国系の女性だった。

彼女にもママと同じ内容を話し、赤沢が行方不明であることを告げると、表情を強張らせながら赤沢のことを心配していた。

週に三日ここで仕事をし、昼間は不定期で人材派遣のバイトをしているという。

「最後に会ったのは、確か去年の一二月だったと思います」

「この店で？」

彼女の小顔が小さく上下する。

「昨年一年間で、赤沢といつどこで会ったのかを詳しく教えてください」

花柄の可愛らしいポーチから携帯を取り出し、スケジュール表を映し出す。

それまで三か月に一回程度だった赤沢のシンガポール渡航は、去年の八月以降、毎月に変わっていた。特に九月は二回来ている。その頃、何かがあった可能性がある。

「昨年八月か九月頃、何か気になったことがありますか？」

「特に何も。いつもカラオケやって、お酒飲んでただけです」

「昨年の一二月、ここでのお金の使い方が派手だったみたいですが？」

「そう言えば、高級なレストランでご馳走してもらったり、日本のお土産買ってきてくれたりしましたね」

「仕事がうまくいってたのかな？」

「たぶんそうだと思います。アルバイトを探しているようでしたから」

「アルバイトを？　どんなバイトですか？」

「さあ、そこまでは聞いてませんけど、私の登録している人材派遣会社の連絡先を聞かれました」

「その会社で、派遣かバイトを頼んだかもしれないということなんですか？」

「そうです」

「シンガポールで新規事業でも始めるつもりだったんですかね」

　彼女は首を傾げている。

「派遣会社のこと、聞かれたのはいつ頃ですか？」

「バイトがあってすぐのことだったから……」と言って、携帯を手に取り、検索を始めた。

「バイトが昨年の八月二一日で……その後に赤沢さんが来店したのが……そうですね、八月二三日に派遣のバイトの話題になって、数日して電話があったんです」

「なるほど、赤沢はあなたが人材派遣のバイトをしていることを二三日に聞いて、その後、日本に帰ってから電話を入れたんですね？」

「そうです」

新規事業か、それとも特別な何かの作業が必要になったか。「仕事がうまくいっている」のと関連があるとすれば、大きな収穫かもしれない。

今日のところはシェリーから聞き出せるのはこのくらいだと思い、人材派遣会社の連絡先を聞いて、岸たちは席を立った。

21

翌朝、岸とデイビッドは、中華街にある人材派遣会社のオフィスが入る雑居ビルの前で落ち合った。

狭い間口から、塗装の剝げ落ちたコンクリート壁のうらぶれた通路を進み、ワンルームマンションのユニットバスほどの、ささやかなエレベーターに乗って五階まで上がる。

クロス張りのパーティションで事務所の奥のスペースが見えないが、電話の話し声や椅子の軋《きし》む音がはっきりと聞こえた。

「何か？」

岸が呼びかけようとした時、パーティションの端から若い男の顔がにょきっと突き出る。その小太りの若い男が社長だという。

ある日本人を捜しているとだけ告げると、「日本人ですか？　日系の業務はないですよ」と白けた顔で目をぎょろっとさせ、赤沢の写真をしばらく眺めていた。

「見たことないですね」

「昨年の八月の終わりか九月頃に、ここに連絡があったはずですが」

「何度見ても同じですよ。見たことありません」

「中にいるスタッフにも聞きたいんですが」

社長はうっとうしそうに眉をひそめながら、「いいですよ」と渋々言う。

一〇坪ほどのスペースには、事務机と事務機類とキャビネットが押し込められ、雑然とした有様だった。

写真を見ていた四名のスタッフのうち、一番年長に見える男が顔を上げた。

「会いましたよ」

「いつです？」

天井を見上げ、「たぶんメールに」と呟く。椅子をくるっと回し、パソコンに向かう。

岸とデイビッドは、彼の肩越しにモニターを覗いた。

「九月一〇日ですね」

「ここに？」

「そうです」

「ちょっとメール、見ていいですか？」

彼は社長に目配せし、社長が不承不承頷く。

赤沢とのメール履歴の一覧を表示する。

最初のメールが九月三日。

〈会社概要を聞きたいので、今日か明日、会えないか？〉という趣旨の内容だった。赤沢が九月二日から四日までシンガポールに来ていたことはわかっているが、当日急なアポイントを入れようとしていたのである。

結局アポは取れず、日程や場所のやり取りが何度か行われた後、週明けに会うことが決まり、赤沢は再度シンガポールを訪れることになる。スタッフからの〈派遣業務の概要についての問い合わせは、オーダーフォームからお願いしたい〉旨のメールには、〈直接会って話したい〉という返信があるだけで、赤沢が人材募集を予定している仕事の内容や会社名、場所などの詳細は、まったく記載されていなかった。直接ここに来て業務内容などの打ち合わせをしたかったのには、何か理由があるのだろうか。

「最初は仕事の依頼かなと思ったんですが、そうじゃなくて、ある会社のことを根掘り葉掘り聞いてきたんですよ」

スタッフが岸の質問に答えた。

「ある会社？」

「えっと、何だったかなあ」

パソコンのデータを確認したり、書類を捲ったりしたが思い出せないようだった。

「ジャガー社じゃなかった？」

隣から若い男の声がした。

「ああ、そんな名前だった。間違いありません。うちで派遣業務を引き受けた先です」

「赤沢が、そのジャガー社という会社に派遣を依頼した、ということじゃなくて？」

「ええ、そうじゃないんですよ。もう一年も前の話だからあまり覚えていませんが、派遣業務の内容とか、期間とか、人数とか、会社の担当の連絡先とか。そんなようなことだったと思います」

「それは何の目的なの？」

「以前、その会社で働いていた人を捜しているんだと言ってました」

「それだったら、直接会社に行って聞けばいいんじゃないですか」

「それが、すでに会社が転居していて連絡が取れないって言うんです」

何か腑に落ちない思いに駆られた。

「それで何を教えたんです？」

「担当者のメールアドレスです。もちろん、顧客情報を教えることはできませんので、お断りしました」

「その顧客情報というのを見せてもらえませんか？」

彼は社長の方を見ると、社長は振り返り「いいよ」と答える。

キャビネットから出したオーダー票らしい書類には、次のように記載されていた。

会社名：ジャガーリミテッド

業種：投資運用業

会社担当：ブライアン・ヨウ

場所：SGXビル1803

人数：八名

派遣日：八月二一日

……

八月二一日はシェリーが派遣業務に行った日である。派遣者リストを見ると八名の派遣者の中にシェリーの名があった。

スタッフの話では、オーダーやその後のやり取りはすべてメールだったので、担当者の顔は見ていないし、会社に行ったこともないという。

ブライアン・ヨウとのメールのやり取りは極めて事務的な内容で、アルバイトを八名派遣してほしい旨とオーダー票に書かれた情報が記載されているだけだった。

いったい赤沢はジャガー社の誰を、あるいは何を知りたかったのか。

岸はメール履歴をUSBメモリーに保存すると、次の場所へ急いだ。

22

SGXビル一階の通用口から入り、管理室の小窓を開けて机でぼんやりしていた管理人に声をかけた。

定年過ぎの小遣い稼ぎにしか見えない管理人は、動きの鈍い体を持ち上げ、何ですか？と力の抜けた声を出した。

「一八階のジャガー社というテナントについて聞きたいんですが？」

机の引き出しから紙を取り出し、しばらく眺めている。

「そんな会社はないですねぇ」

テナント一覧表によると、1803号室はリンクグローバルという会社が入居していた。

「去年の八月に、ここを借りているはずなんですが」

「リンクグローバルは今年一月一五日入居ですから、その前の借り主は本社に確認してみないとわかりません」

念のためすべてのテナントを調べたが、ジャガー社の名は発見できなかった。

「投資運用会社で、ジャガー社の名を聞いたことは？」

「さあ？　投資運用業なんてこのビルにはいっぱい入ってますから」

岸はもう一度テナント一覧表を見ると、管理人が言った通り、運用会社らしい会社が多く載っている。

昨年のテナントリストを探すよう依頼した後、管理人を連れて一八階に向かった。

リンクグローバルのパンフレットによると、国際的なネットワークを持つ大手のコンサルティング会社で、ジャガー社とは何ら関係のない会社のようだった。岸は会社了解の下、オフィスの間取りを確認し、全室とオフィス正面の写真を撮って、他のテナントに向かった。

隣の１８０２号室は、スタンダード・アジア社という不動産投資会社で、管理人の資料によれば、昨年の五月から入居している。エレベーターを降り、１８０３号室の前を通らなければオフィスの入口にたどり着けない配置になっているため、ジャガー社の関係者と接触している可能性が高い。

受付用のインターフォンを押し、現れた二〇代後半に見える中国系の女性にジャガー社のことを尋ねる。

「そんな会社、聞いたことありませんし、出入りしていた人を見かけたこともありません」

断定的な口調だった。

「あのオフィスの前はよく通るはずですが？」

「私が通る時には、いつもエントランスが暗くて、ひっそりとしていましたから」

出勤時、昼食時、退社時はもとより、それ以外の時も明かりがついていなかったという。

営業時間が他の会社と違うのだろうか。

そこに清掃員が通りかかった。

女性に礼を言ってから、清掃員を呼び止める。色黒の皺だらけの顔に、白眼が際立つマレー系老女だった。

ジャガー社の件を尋ねると、持っていたバケツを床に置き、老女は無愛想な顔を岸に向けた。

「知らないね」

「ここのフロアを毎日掃除しているのなら、あの部屋のことはわかっているはずですが？」

頷く代わりに、瞼を広げる。

「知らないよ。あそこには入ったことなかったから」

「ゴミの回収などで入ることはないんですか？」

「いつも鍵がかかってて入れなかったんだよ。インターフォンも繋がらなかったし」

「誰もいなかったということですか？」

老女は岸を睨みつけながら、顔を上下に振った。

「前の会社が出ていってから、一日だけ大勢の人がいたことがあったけど、それ以降、人を見たことはなかったね」

「それはいつのことですか？」

「一年ぐらい前だと思うけど、いつだったか忘れたね」

「その一日だけで、それ以降は一人も見ていないというのですか？」

つぶりかけた目をパッと開けた。

「そういえば、男が一人、訪ねてきたことがあったよ」

「訪ねてきた、というのは？」

「あんたとおんなじだよ。私を捕まえて１８０３号室のことを聞かれたんだ」

「あなたは何と？」

「同じことを答えたよ」

「それは日本人？」

「そんなことわかるわけないだろ。でも東洋人だったのは確かだよ」

「それはいつ頃ですか？」

「去年、ここに人がいっぱい集まった後ちょっと経ってからだから……確か、何かのイベントの前日だったよ。あの日は忙しくて、ホールでイベントやるから飾りつけをしてた」

隣の管理人に、岸は顔を向けた。

「ああ、このビルのエントランスホールで開催されたＳＧＸとヨーロッパの証券取引所の合併記念行事のことじゃないかな」

「それはいつですか？」

「九月四日ですよ」

つまりその男は、九月三日にここに来たことになる。そして大勢の関係者がこのオフィスに集まったとされる日は、その日よりも少し前。それがシェリーのバイトの日である八月二一日なのだろうか。

九月三日といえば、赤沢がシンガポールを訪れた日と一致している。

赤沢の顔写真を出して老女に見せると、彼女は迷いもせずに頷いた。

「間違いありませんか?」

「間違うもんかね。こんな婆《ばばあ》に話しかける者なんかいないからね。はっきり覚えてるよ」

23

シェリーに連絡した後、署に戻るというデイビッドと別れ、サンテックシティに向かった。

巨大な噴水の外側にある賑やかなカフェで待っていると、一〇分ほどしてシェリーの姿が見えた。

「赤沢は、あなたの派遣会社に行ったみたいですね」

「やっぱり人材を募集していたんですね」

「いや、あなたが派遣された先のことを聞きだそうとしていたようです」

シェリーがきょとんとした表情をした。

「赤沢に何を話したか教えてくれませんか？」

黒目をくりっとさせ、首を傾げながら考えている。

「バイトで何か変わったこと、ありませんでした？」と岸がまた問うと、ようやく彼女は、

「ああ」と声を上げた。

「バイトがすごくラッキーだったんですよ。あんな簡単な作業でお金もらっていいのかなって」

「どんなバイトだったんです？」

「本屋で売っているような株式投資の専門書の文章を、そっくりそのままワードで打つだけなんです」

ふふっと笑い、肩をちょこんと動かした。

「わざわざオフィスに出向かなくても自宅でできるし、今時そんなこと、スキャンで即対応できるでしょ。なぜオフィスまで出向いてやるんだろうって思ってました。でもこんな簡単なことでおカネがもらえるんだから、みんな何も言わずに、黙々とやってましたけど」

「オフィスの中はどんな感じだったんです？」

「証券会社のトレーディングルームのような感じでしたね。ほら、よくテレビのマーケットニュースに出てくるような」

机が部屋いっぱいに並べられ、机上には大型の液晶モニターが三つも四つも置かれて、株式市場のチャートや銘柄ごとの株価がリアルタイムで映し出されたままだったという。

「でもトレーダーは一人もいないんですよ」

「バイトだけなの？」

「そうです。画面には絶対触るなって言われてましたから、つけっぱなしのモニターを前に、ひたすらワードです」

ふふっと、また笑みがこぼれた。

「会社の人とは会わなかったんですか？」

「あのビルって確か入館証がないと入れないから、一階のロビーで待ち合わせした時に、会社の担当の人と会いました。そこから一緒に一八階に行って、オフィスで作業内容や注意事項の説明を受けたんです」

「それからはずっとバイトの人だけだったんですか？」

「いいえ、それから少し経って男が六、七人オフィスに入ってきて、会議室のような個室に入りました」

「それから？」

「一時間ぐらいしてその人たちみんな帰っちゃって。その後はバイトだけが残されて、延々とワードです」

「帰りは？」

「一六時半になったら帰っていいって言われてたから、その時間に勝手に帰りました」

ここまでの話で、この運用会社が何を企んでいたのか、岸にはおおよそ見当がついた。

「男の人たちがどんな人か覚えてますか？」

うーんと唸り、手のひらを頰にあてる。

「スーツ姿のおじさんたちって感じだったけど……」

彼女の話した内容を整理すると、最初に会った担当者は中国系で、後から来た者の中に一人だけ白人がいて、その他は中国系だったように見えたが、日本人に見える人物もいたかもしれないとのことだった。年齢的には幅があり、白髪の年配者もいたが三〇代ぐらいの若者もいた。みなきちっとしたスーツを着ていたという。

「身長とか髪型とか、他に何か記憶してることとありますか？」

「もうだいぶ前のことなので、よく覚えていません」

そこに、店員がクリスマスツリーのようなカラフルなジェラートとホットコーヒーを運んできた。彼女はわーっと歓声を上げ、反射的に携帯を手に持つ。

「ちょっとすみません」

ジェラートの位置を綿密に調整して、慎重にシャッターを押した。岸は静かに見守っていた。

「八月二三日のことだけど。バイトのことを話した時、赤沢は何て言ってた？」

ジェラートを一口食べると、彼女は岸の顔を見上げ、首を振る。

「よく覚えてません」

「写メとか、撮ってないですか？　あのバイト先の風景とか人物とか」

「ブログに載せるのに、何枚か撮ったと思います」

携帯を手に取って操作し、彼女はある画面を呼び出す。

そこには、『ジャガーリミテッド』と書かれた１８０３号室の社名プレートが写っていた。

「それもブログに？」

「はい」

岸は携帯を受け取り、その前後を見た。室内の画像はないようだったが、ＳＧＸビルのロビーを写した画像など数点があった。

ふとある一枚が目にとまる。シロクマの大理石像だった。

「これは？」

「私、動物が好きなんです」

「ＳＧＸビル、だよね？」

「ええ、ジャガー社のバイトに行った時、一階のホールで見かけたんです。黒いウシは気味悪かったので、シロクマだけ撮りました」

「赤沢もこの画像を見たことあるだろうか？」

「たぶん」

「何か言ってた？」

「特に何も言ってなかったと思いますけど」

岸は「ラッキーアイテムはホワイトベア」という言葉の意味がわかったような気がした。赤沢はシロクマの画像で、そこがＳＧＸビルだとわかった。そして「ジャガーリミテッド」の社名プレートを見て、おそらく彼の知っているジャガー社だと特定できたのだろう。運用会社を装い、投資詐欺を企てていたであろうジャガー社こそ、強請りの対象だったのかもしれない。ジャガー社とはいったい何者なのか。

「赤沢にバイトのことを切り出したのはあなたからではなく、赤沢から聞かれたから話したんじゃないですか？」

彼女が手を止め、岸を見上げた。

「赤沢はブログのシロクマの画像を見て、あなたがＳＧＸビルに行ったことがわかり、それを確かめたかったんじゃないですかね？　なぜ、二一日にここに行ったのかを」

「覚えていません。でも私、画像は撮った日か翌日にはアップすることにしてますから、来店する前に赤沢さんが見ていたかもしれませんね。バイトの話題も、赤沢さんから聞かれたからしたのかも。でももう前のことだから忘れました」

彼女の肩越しに見える巨大な噴水をなんとなく眺めながら、岸はすでに水のようにぬるくなったホットコーヒーを口にした。

24

帰国後、ジャガー社の捜査を進めたが、この会社は日本やシンガポールでは登記されていない会社であることが判明。ＳＧＸビルのオフィスの借り主は、ジャガー社とは異なる休眠会社であり、人材派遣会社へ発注したブライアン・ヨウという人物のメールアドレスは、すでにクローズされていた。

一方、SGXビルの防犯カメラの映像はすでに保存期間が過ぎていたため入手できなかったが、シェリーの携帯画像に複数の人物が写っていることがわかり、その画像分析が進められている。

そんな中、フォーラム参加企業のカトリーナ社という運用会社に、かつて藤森麻耶が勤務していたことがわかった。

彼女は悪びれる様子もなく、岸たちの事情聴取に応じたのだった。

捜査会議の席上、石田が調査結果を報告する。

「ジャガー社がカトリーナ社の取引企業であることがわかりました。カトリーナ社の社内では、ジャガー社との取引が特別案件、つまり、社長である香取清正《かとりきよまさ》が直接手掛ける案件で、社員の間では、デインジャー（危険）の頭文字をとって、D案件と呼ばれていたようです。運用実績を批判した運用部員が首にされたことがあったため、社員はみんな関わり合いをさけています。藤森麻耶は、赤沢にその旨を話したことは認めていますが、ジャガー社がどのような会社なのか、赤沢がどのように関わっているのかなどは、まったく知らないと言っています。おそらく赤沢は、シェリーのブログに載った画像から、彼女の行ったバイト先が藤森から聞いたD案件のジャガー社であると考え、その投資詐欺の実態を摑もうと調べ回っていたのでしょう。五〇〇〇万円のクレジットカードが強請りの対価だとすれば、その相手は香取であり、一〇〇〇億円のセプタムロ座と何らかの関係があると推測できます」

「よし、わかった。次！」

賀来が立ち上がる。

「カトリーナ社の本店所在地は大手町のタカトビ大手町ビル。設立一〇年のファンド運営会社で、急成長を遂げているようです。二年前に社長が香取に代わった後は、敵対的ファンドから一切手を引き、デリバティブを主体としたヘッジファンドにシフトしています。社長の香取清正は、ネットや報道資料からの情報ですと、年齢は四八歳。アメリカの大学でMBAを取得。ニューヨークの投資銀行を何社か渡り歩いた後、カトリーナ社に迎え入れられました」

賀来は写真をメンバー全員に配った。それはネットの画像から印刷された写りの悪いもので、ホテルの会議室らしいセミナー会場でスピーチをしている最中の香取の姿だった。がたいが大きく、肩まで伸ばした長髪が、いかにもまがまがしい。

「香取の内偵を始める。カトリーナ社に入る準備だ。藤森麻耶からは、引き続き赤沢との関係を聴取しろ」

25

仕事帰りに、岸はいつもの精神科医を訪ねた。

北新宿の薄汚れた雑居ビルにある小さな診療所で、週に三日も休診しているやる気のない医者である。

彼は慣例化した問診をした後、「薬なら売るほどあるよ」とつまらない冗談を言いながら、睡眠導入剤を処方してくれた。

いまだに薬なしでは眠れないが、仕事に没頭しているためか、悪夢に悩まされることは少なくなった。次第に快復に向かっていることを、岸は実感していた。

彼とのくだらない世間話を早めに切り上げ、ちょうど出張で日本に来ていた倉木あずさに会うため、南青山のおばんざいの居酒屋に急ぐ。

岸がビールジョッキを半分飲み終わった時、すたすたと近づく黒いスーツ姿の倉木あずさが見えた。隣には長身の白人をつれている。

「こっちはやっぱり寒いわね」

一〇月に入り、朝夕はめっきり寒くなった。シンガポールとのギャップが大きいのだろう。

小麦色の肌が周囲から浮いていた。

「こちらはヨハネス・デ・ボン。私と同じ部署の同僚で、元バロー銀行よ」

倉木あずさが意味ありげな微笑を浮かべる。

濃紺のスーツにプレスのきいたホワイトシャツは、清潔感のある好青年という印象だった。

ドリンクとつまみを注文し、差し障りのない挨拶程度の話が一通り終わった後、倉木あずさが話を振った。

「岸さんはプライベートバンクに興味を持ってるのよ」

岸は口裏を合わせる。

「知り合いが海外に口座を持ちたいというんだ。どうかな、バロー銀行は？」

ヨハネスは薄い唇を曲げた。

「あそこはお勧めできないね」

「あの強制捜査が影響してるのかい？」

「いや、あれとは関係ない。顧客の財産を守るのがPBの使命だから、税務当局から守るために個人情報を秘匿することも業務の一つだが、最近のバローは財産を保全するどころか、危険に晒《さら》してる」

「どういうこと？」

「顧客の預金をグループのファンドに回し、積極的に運用することに固執しているんだ。もちろん運用も大事な仕事だ。だけど、もはやあそこまでいくと投機と言わざるを得ない。債券や優良株のような、伝統的で安全性の高い金融資産よりも、CDS《クレジット・デフォルト・スワップ》なんかの高リスクなデリバティブを売買しまくっている」

ワールド・マーケット・リサーチ社も同じことを言っていた。

「驚いたわ。以前からそんな投資をしていたの？」

「一〇年ぐらい前だったと思う。経営方針が変わり、投資銀行業務にも打って出た。これには欧州のタックスヘイブンに対する規制強化や金融界を取り巻く環境変化が深く関係しているんだが、ここ三年ぐらいは特にひどくなったんだ」

バローも他の欧州の銀行と同様、債務不履行状態となった外債を大量に保有していたため業績が低迷したという。次第にリスク商品に手を出すようになり、顧客への投資商品の勧誘やグループ企業のファンド投資も過熱したのである。

「経営方針が投機にシフトした直後の業績はかなり良かったよ。ボーナスもたくさんもらった。だけどリーマンショック後の経済危機で、現在の経営状態は最悪だ」

「やはり運用がうまくいかなかったの？」

「ああ、そうだ」

「そんなこと、知らなかったな」

「デリバティブの損益は非公表だからね。それにグループ会社では自己資金でリスク運用をしていたんだ。犠牲者もたくさん出ている」

「何？」

倉木あずさが間髪をいれずに言った。

「自殺者だよ。この三年間で急増した。上からは数字を求められ、期限までに達成できなければ翌日にはお払い箱。顧客からは損失を出したと抗議の嵐だ。精神的に不安定になり、辞めていった者もかなりいる」

「そんなこと、初めて聞いたよ」

「外部に漏らすわけがないだろ。遺族には解決金を払い、大口投資家の損失は他でうまく穴埋めしている」

倉木あずさは大きなため息をつき、岸は言葉をなくした。

「僕は経営企画室の一員として、他行との資本提携も視野に入れた抜本的な対応策を立案していたが、最悪のシナリオも当然考えていたんだ」

「どういうことだ？」

「身売りだよ。融資や増資引き受けに応じてくれる先がなければ、残されているのは売却か営業譲渡だ。まあ、そこまでは考え過ぎだとしても、それほど大変な状況なんだ」

ヨハネスの語るバロー銀行の内情は、歴史のあるPBとはかけ離れたものだった。

顧客を食い物に自らの生き残りを図る行為は、もはや詐欺同然といってもいい。事業の継続も危ぶまれるほどの経営状態であることも意外だった。だが投資の世界に足を踏み入れた者にとって、栄枯盛衰は世の習い。今日は利食っても、明日は損切り。食うか食われるか。騙すか騙されるか。得体のしれない相場の大波の中では、誰もが「天国と地獄は紙一重」の状態に身を置くことになるのだ。

26

「どう、ゆづきに連絡する気になった？」

切り出されるかもしれないと岸は思っていたが、何の前触れもなく、倉木あずさはさらりと言った。ヨハネスと一緒にホテルに帰らなかったのは、これを言うためだったのだろうか。

何と答えればいいのか、岸は逡巡し気が重くなる。

彼女はワイングラスを揺らしながら、岸の顔を見つめている。

すでに時計の針は二三時を回っていた。

「その話はやめにしよう。俺の問題なんだから、お前には関係ないだろ」

「会わせた方がいいかどうか、ゆづきから相談を受けたのよ。美南ちゃんはあなたに会いたがってるのよ」

「そんなこと、わからないだろ」

「わかるわ。私も母子家庭で育ったから、美南ちゃんの気持ちはよくわかるのよ」

ふっと小さく吐息をつくと、彼女はグラスに残ったワインを飲み干した。

岸が意外に感じたのは彼女の生い立ちにではなく、それを打ち明けたことに対するものだった。後悔や諦めは、彼女には似合わない。倉木あずさは後ろを振り返るような女じゃないと岸は思っている。

「勘違いしないでね。湿っぽい話をしようと思ったわけじゃないの。父親に会いたいと思うのは自然だし、会う権利はあるわ。それを伝えたかっただけ。だから、いつまでも逃げてるわけにはいかないのよ」

「俺は逃げてなんかいない」

「逃げてないんだったら会ってあげれば」

「そんな簡単にいくわけがないだろ」

「簡単よ。あなたが今抱えていることを、跡形もなく忘れてしまうことに比べればなんてことはないでしょ。ひどいことを言うようだけど、あなたの友人はもう戻ってこない。いくら考えたって答えなんかないわ。でも、ゆづきと美南ちゃんは生きてるのよ。そしてあなたも、こうしてここにいる」

「死んだやつのことをいくら考えたって仕方ないって言いたいのか」

「父親の顔を見たいと思った時、もう彼はこの世にいなかった。その気になるのが遅すぎたのね。あの時から、私は時間を無駄にしたくないと思ってるの」

彼女はそう言うと、岸の目から視線をはずし、遠くを眺めるような仕草をした。

「でも、もういいわ。私の出る幕じゃなさそうだし、時間の無駄だから」

この話は終わりとでも言うように、彼女はメニューを開く。胸の辺りのざわつきが収まらず、岸はワインを一気に飲み干した。

彼女の言う通り、自分は逃げている。それを彼女に悟られ動揺しているだけなのだ。苛立ちを隠そうと席を立ち、トイレに向かう。

酔いが回ってきたのか、それからの彼女はシンガポールの家賃高騰に愚痴をこぼし、話はさらに不動産価格の上昇の原因となった、投機筋のマネーゲームに対する痛烈な批判へと発展した。

帰途についたのがいつだったか、岸は覚えていなかった。

タクシーでの帰り道、岸は打田のことを考えていた。

――あなたの友人はもう戻ってこない。いくら考えたって答えなんかないわ。

倉木あずさの言葉が心の底に沈み込んでいる。

目的地のない旅は無意味だというのか。考え続ければどこかに行き着くこともある。何もしないことの方が逃げではないだろうか。だが今の自分は、前に向かって歩いているかどうかもわからない。同じ場所で足踏みをしているだけなのかもしれない。

あの時の打田も同じだったのではないか。

ふと岸は、何かに迷っていた打田の姿を思い出した。マリーナベイに面したバーで落ち合った時の打田の沈んだ表情は、今でもよく覚えている。

「何かあったのか」と問う岸に、打田は言葉を濁し、スコッチをスレートで喉に流し込む。日付が変わる頃、酔いつぶれた打田の口から、ぽつりと言葉が落ちた。

「お前、この世界に入って何か得たものがあるか？」

自分たちの仕事は単純明快。安値で買い叩き高値で売り抜け、投資家に利益をもたらすこと。その見返りがカネだ。

何を今さら、という視線を打田に投げる。

窓外に向けた打田の瞳が、行き場なく揺れていた。

「どうしてこの世界に入ったのか、わからなくなっちまったよ。証券営業で客に損させて訴えられたこともあるが、ファンドの世界には素人への騙し文句などない。まともな奴らがまっとうな取引をしていると思ってたが、こっちも同じようなものだ」

「プロ相手の騙し合いぐらい、どの世界にもあるだろう」

「そんなことじゃない」

次の言葉を待ったが、タバコに手を伸ばしたまま、打田の口は開かなかった。

「何が言いたいんだ？」

「うまくは言えないが、俺が追いかけているものも、摑み取ろうとしているものも、すべてが幻のように思えてきたんだ。俺のやっていることに意義を見出せない。自分が何をやっているのかもわからなくなった」

「ファンドを儲けさせることに意味がないというのか？」

「そういうことじゃない。俺がこの世界に入ったのは、もちろんカネを稼ぐためではあるが、もっとほかにある」

それは何なんだ？　と言いかけた時、何かを思い定めるように打田は口元を引き締めた。

「だが、俺はまだ諦めたわけじゃない。一瞬の輝きでも、それを信じて摑み取ろうと思えばどうにかなると思っている。思い切り手を伸ばせば、まだ届くところにそれがあるような気がするんだ」

27

今日も朝から香取の行動を監視していた。

この五日間、クラブのホステスと夕食をともにし、一緒に銀座の店に入った後は、自宅のある六本木タワーレジデンスに帰るか、赤坂の愛人宅に泊まるというお決まりのコースが続いている。

今夜は六本木のクラブ「ミレニアム」だった。藤森麻耶の勤めるグランブルーから目と鼻の先。車はベントレー・コンチネンタル。あの雨の日に水をひっかけたのは、香取の車だったのかもしれない。

すでに夜九時半を回っているが、このままでは日付が変わる頃まで動きがないだろう。運転席の石田は、暇そうに携帯をいじっている。

「ちょっと行ってくる」

「どこに行くんですか？」

「ここにいても進展がないだろ」

石田を残し、一人でクラブへ通じる階段を上った。

エントランスから奥に進み、ホールをすばやく見回す。店はそこそこ賑わっていた。

両サイドにワインレッドのソファーが並び、中央に置かれた背丈ほどの生花が、柔らかな光で照らしだされている。それに沿ってさらに奥へ進むと、突き当たり右隅のボックス席に香取の姿があった。ホステス二人を両側にはべらせ、足を投げ出し、紫煙を天井に吐き出している。

ボーイの誘導を無視し、岸は香取の隣のボックス席に座った。呆気にとられた顔をしながら、ボーイが引き下がっていく。

「香取さん、どうもすみません。今日はＶＩＰに予約が入ってまして」

純白の和服姿のママが現れた。

若いホステスを脇にどかせ、香取に豊満な体を擦り寄せる。

隣の席についたホステスと取りとめのない話をしながら、岸は香取の様子を窺い続けた。

ソムリエを呼びつけ、ワインの品定めを始めた香取の周りでは、ホステスたちが、テーブル一杯に並べられた生ハムやチーズに箸をつけている。

ボルドー産と思われる赤ワインを香取が飲んでいる時、携帯が鳴った。

「なんだ?……手短に話せ」

香取はテーブルの一点を見つめ、相手の言葉に聞き入っていた。

「そうか、いい情報だな。で、どの程度やるんだ?……」

携帯を持ったまま、もう一方の手でワイングラスを取り上げ一口飲むと、ふっと鼻から息を漏らす。

「明日から空売りだ。すべての日本株ファンドの担当に連絡しとけ」

香取は電話を切ると、携帯をテーブルの上に放り投げた。

「おい、ドンペリだ」と近くのボーイに声を張り上げる。

「どうしたんですか、急に。何かいいことでも?」

ママが香取に擦り寄り、猫なで声で聞いた。豊満な腰に手を回し、体を引き寄せて耳打ちする。軽く頷きながら、ママが呟く。

「東南石油ですか?……増資……とにかく売っとけばいいんですね?」

「ああ」

香取の口の端が吊り上がった。

岸は小さく吐息をつく。

これが投資運用業者の実情なのだろうか。間違いなくインサイダー取引をしようとしている。

東南石油とは東証一部上場企業。増資と聞こえたのは、公募増資だろう。その情報は、おそらく証券会社の営業担当から入ったに違いない。増資直後の株価の下落を見込んで、ママの名を使い、空売りをしようと企んでいるのである。

ふと打田の言葉を思い出す。

「まともな奴らがまっとうな取引をしていると思ってたが、こっちも同じようなものだ」

あの頃はインサイダー情報に溢れていた。部外者と結託すれば、おそらく誰にも知られずにカネが手に入っただろう。他人の物を奪うわけではない。他人を傷つけるわけでもない。だからこそ誘惑に負け、安易に犯行に及ぶ。一度手を付けたら麻薬と同じだ。身を滅ぼすまでカネに溺《おぼ》れ、手を汚し続ける。

だが、打田はそんな男ではない。あいつに限って、そんなことをするはずがない。

目に浮かぶ打田の幻影を、岸は必死に振り払った。

ボーイが岸の席に来て、ホステスが交代した。

新しいホステスが席につき、水割りを作り始めている時、岸は「トイレに行く」と立ちがる。

「トイレはこちらです」というボーイの言葉を無視してエントランスへ向かい、店の外に出て、すぐ脇のところで携帯を手にした。

一回目の呼び出しで、女が出た。

「はい、クラブ『ミレニアム』です」

「お店の客で香取さんをお願いしたい」

「どちら様ですか？」

「赤沢だ」

「少々お待ちください」

携帯を耳につけたまま店に入り、岸はクロークを見た。子機を持った女がボーイに話しかけている。子機を受け取り、フロアの奥へ進むボーイの後を、岸は追った。

奥のトイレの脇に身をひそめ、香取の様子を窺う。ボーイが香取に歩み寄り、顔を近づけ話しかけている。その瞬間の香取の表情を、岸は見逃さなかった。一瞬、凍りついたように動きが止まった香取は、明らかに動揺した顔つきに変わり、手に持ったグラスを隣にいるママに渡した。ボーイをちらっと見て、次に子機を見てから慎重に手を伸ばす。

「何の用だ？」

張りつめた声が携帯から聞こえた。岸は何も答えなかった。

「もう用はないはずだ」

前かがみになって、テーブルを見つめたまま硬直している。

岸は次の言葉を待った。

「今、どこにいる？　すぐにそこに行くから用件はそこで聞く」

「………………」

「聞こえているのか？　何とか言え！」

大声を張り上げ、香取が立ち上がった。

「貴様、どこにいるんだ？」

店内が静まりかえり、周囲の視線が香取に向けられる。

岸は携帯を切り、何食わぬ顔で席に戻った。

ママに促されてようやく腰を下ろした香取は、慌てた様子で胸ポケットから携帯を取り出す。テーブルに置いた携帯とは別のものだった。

「赤沢からいま電話があった。どうなってるんだ……じゃあ、なぜ電話があったんだ？」

香取はしばらく相手の話に耳を傾けていた。

「何だと。それは間違いないのか？」

ほどなく、わかったと小さな声を発して携帯を切る。何事もなかったかのようにママにチェックを告げ、立ち上がった。

ちょうどソファーとテーブルの間を通り抜けようとした時、岸は香取の視線を感じた。それは、意識して岸を覗き見たような視線だった。

28

クラブを出た香取の車を追おうとドアを閉めた時、石田の明らかに意図した低い声が、運転席から聞こえた。

「岸さん、前を向いたまま聞いてください」

岸は動作を止める。石田はキーを回しエンジンをかけた。

「誰かに尾行されています。後ろに止まっているセダンです。ここに来る途中から気になっていたんですが」

香取の外車が発進するのを見て、石田もゆっくりと車を出した。

「顔は？」

「見ていません。車内には二人います」

「ナンバーは？」

「確認できません」

しばらく様子を見ることにし、香取の車の後を追った。セダンは岸たちの後を追ってくる。

香取の車がミッドタウン近くのビル前に横付けされた。次の店に行くようだ。

「そのまま流して、どこかのビルの駐車場に入ってくれないか」

後ろにセダンを引き連れながら、石田は赤坂方面に向かって進み、左に見えたオフィスビルの地下駐車場に入った。

パーキングゲートの手前ですばやく降車し、岸は物陰に隠れる。後続車はない。地上に続くスロープを逆戻りし、路上を窺った。セダンが後方にゆっくりと停まったのが見えた。

携帯で石田にその旨を伝えながら地下のパーキングに下り、通用口に通じる階段を駆け上がった。

ちょうどセダンのすぐ後ろが、ビルの出入り口だった。目の先に後部ドアがある。

店舗や飲食店のシャッターは閉まり、通りはひっそりとしていた。運転席に人影はあるが、助手席には誰もいない。パーキングを覗きにいったのかもしれない。

ドアミラーに姿が映らないように、通用口に身を隠した。

なかなか来ない石田を確認しようと、顔だけを出した時。

「岸さん！　こんなところで何やってるの？」

二人連れの女の一方と、目が合った。

こんなところにお前らがなぜいる——。

その直後、セダンのエンジンがかかった。

セダンに駆け寄り、両腕を広げて止めた。

岸は車のナンバーを確認し、運転席側に近づいてウィンドウを叩く。

肩幅がやけに広い男は、俯《うつむ》いたまま何も反応がない。暗くて顔はよく見えなかった。

「警察だ。外に出ろ！」

ロックがかかり、ドアはびくともしない。

その時、後頭部に強い衝撃が走った。

頭を抱え、思わず跪《ひざまず》く。と、同時に、キックが腹部にめり込む。続けざまに二発。胃の内容物が喉までこみ上げてきた。

「キャー！」

女の悲鳴がビルに反響し、吸い込まれるように闇に消える。

強い力で襟首を摑まれ、岸は軽々と車の脇に放り投げられた。膝をついて立ち上がろうとした岸の目に、車に乗ろうとする男の姿が映る。

逃がすものか——。

「待て！」

男が振り返る。

その瞬間。岸は体ごと男の腰に飛びかかった。背中からアスファルトにぶち当たり、骨の軋む鈍い音とともに「うう」という唸り声が聞こえた。

腹の痛みに耐えながら何とか立ち上がった岸は、よろめいて車に寄りかかる。と、その刹那、強烈なパンチが顔面に飛んできた。

吹き飛ばされるように路上に倒れ込む。視界が狭まり、意識が遠くなっていく。

「やめろ！　何やってるんだ！」

石田の声が遠くに聞こえる。

「待て！」

走り去るセダンのエンジン音が岸の耳をかすめていった。

29

尾行に使われたセダンは盗難車であることがわかった。男たちの身元はまだ摑めていないが、あの力強い腕力には、一般人とは違うある種の殺気があった。自分たちの捜査と関わりのある者に違いないと岸は考えていた。

石田が駐車スペースを探すのに時間がかかったのはやむを得ないとしても、あの場所で藤森麻耶と山口美香に出くわしたのは不運としか言いようがない。休日に何をしようと彼女たちの勝手である。愚痴を言ったところで顔の痣がなくなるわけではない。そんなことよりも、男たちを取り逃がしたことが悔しくて仕方なかった。

一方、カトリーナ社の元管理部社員の証言から、シンガポールのSGXビルに昨年八月二一日に来訪した男たちが、同社の投資委員会の委員たちであることが判明した。

投資委員会とは、弁護士など有識者で組織された外部委員会で、会社の投資判断が適切かどうかを審査する機関である。

シェリーのバイトの日の大芝居は、投資委員会の委員たちを欺くものだったのだ。ジャガー社案件は香取直轄。カトリーナ社の詐欺行為がこれでほぼ証明され、同社への立ち入り検査に踏み切ることとなった。

「香取はいますかね？　管理部の責任者も不在だったらどうしましょう」

内偵調査によれば、今日の午前中は社内会議で外出はしないはずである。石田がさっきから同じ台詞を繰り返しているのは、気持ちの高ぶりを抑えるためだろう。

石田の呟きにも似た言葉を聞きながら、岸は大手町駅から地上に続く階段を上った。

タカトビ大手町ビルのエントランスフロアに入り、総合受付カウンターの女性に、事前連絡なしの抜き打ち検査だと告げ、二人はセキュリティーゲートを通過する。

大手町に建つこの白亜の高層ビルは、シティホテルのように中央が吹き抜けの円筒形になっている。すべてのオフィスが窓に面して配置され、中心線上の先のオフィスに行くには吹き抜け部分に沿った通路の円周をぐるっと回らなければならない。

「うわっ！　怖いですね」

二二階に着くと、石田はフェンスから顔を出し、吹き抜けの下層階を眺めた。

「吸い込まれないように気をつけた方がいい」

「どういうことです？」

「ここは、飛び降り自殺が多いと聞いたことがあるんだ」

投資銀行や運用会社が数多く入居するこのタカトビビルは、運用損失のトラブルで精神的に追い込まれた証券マンが、何人も飛び降り自殺していると聞いている。

円を半周してカトリーナ社の受付に着いた。

筆記体のKをもじったロゴマークと「カトリーナ」の文字が、キラキラ輝いている。

インターフォンで管理責任者を呼び出し、受付スペースに置かれたソファーに腰掛ける。

鏡面加工された壁といい、サイドテーブルに置かれた薔薇のステンドグラスランプや天井の豪奢なシャンデリアといい、銀座のクラブを思い起こさせるような内装だった。

すでに五分以上待っている。社内で緊急対応でもしているのだろうか。鏡面に映った石田の顔が緊張気味だった。

すると、通路を歩き去る、モスグリーンのスーツを着た大柄な男の姿が、岸の目の端に映った。

香取ではないか――。

その時、防弾扉のようなドアの鍵がグイーンという機械音とともに解錠され、ゆっくりと扉が開く。現れた女の「どうぞ」という言葉に促され、岸は男に声をかけそびれた。

内部には長い通路があり、その両サイドに会議室が並んでいる。岸たちが通されたのは、一番手前の会議室だった。

しばらくして部屋に現れたのは、管理部長の飯島利久という人物。黒縁メタルのメガネだけが特徴的な、表情に乏しい五〇がらみの痩せた男だった。

石田はマネーロンダリング案件の調査に来たことを説明し、まずはカトリーナ社の会社概要と投資先について資料提示を依頼した。

何かの事件の捜査なのかと質問を返されたが、具体的な事柄は言えないと答えると、飯島はそれ以上は何も言わず、素直に頷いた。

飯島が持ってきた会社概要と彼の説明は、内偵で調べ上げた内容と異なるところはなかった。

岸たちがほしいのは、ジャガー社の情報である。カトリーナ社と取引のあるファンドの中に、ジャガー社の運営するジャガーファンドがあるはずだった。

投資先リストには一〇〇を超えるファンド名が書かれている。くまなく資料を精査したが、リストにその名はなかった。

すでに取引を解消しているのだろうか。

「昨年一年間の投資先の異動状況リストはありますか？」

岸が問うと、飯島は頷き、パソコンを持参した。

隣では石田が固唾を呑んでいた。ファンド名が記載された表の列にジャガーと入力する。

すぐにその名がヒットした。

ジャガーファンドは確かに存在したのである。

どのファンドが出資しているのか、資金の出所を検索する。

カトリーナ28号ファンドという名のファンドだった。つまり、数多くあるカトリーナファンドのうち28号と付番されたファンドが、ジャガーファンドに投資しているのである。

この28号ファンドは、株式や債券を運用対象とするのではなく、ジャガーファンドという別の投資ファンドに再投資するファンドということになる。

異動状況リストによると、昨年九月に運用を開始し、同年一二月を最後に、ジャガーファンドの名が消えていた。

運用終了なのだろうか。

岸は不審に思いながら、運用状況のファイルを開く。

運用損益のデータを探し出し、その中からジャガーファンドの損益を見つけた岸は、その金額を見て言葉を失った。

——二〇億円の損失とはいったいどういうことだ。

さらに投資額を見て愕然《がくぜん》とする。

ジャガーファンドへの投資は二〇億円。つまり投資額の全額が損失になっているのである。

だから運用中止となったのだ。

その時、石田の携帯が震え着信を告げた。石田はあわてて胸ポケットから携帯を取り出す。

「はい、石田です。……大丈夫です。ちょっと待ってください」

岸は携帯を受け取る。藤森麻耶の聴取をしている賀来からだった。

「どうだ、そっちは？」

「ジャガーを見つけました。いま内容を調べてます。そっちはどうです？」

「詳しくは帰ってから話すが、D案件は他にもあると言ってる。それを知らせようと思ってな」

「何ですか、それは？」

「ミックファンドだ。それも調べてくれ」

30

ひとまず一連の重要資料を預かり、岸たちはBPTに戻った。

「すごいですねえ。この資料だと『年平均利回り六〇％』って書いてあります」

石田が過去の実績を表したパフォーマンスレポートを見て、目を丸くしている。

「先物・オプションではあり得る数字だよ。逆に元本以上やられることもある。特にオプションはハイリスク・ハイリターンだ」

ジャガーファンドの投資説明書には、運用対象が「日経先物・オプション取引」と記載されていた。

「実際に運用していたかどうかは疑わしいですが、運用報告書によると、昨年一二月に起こったインドショックが原因のようですね」

先物・オプションに莫大な損失が生じ、カトリーナ28号のジャガーへの運用資金二〇億円は全額損失。ジャガーファンドは解散・消滅したことになっている。

「ファンドってのはいろんな奴がカネを出し合って一緒に投資するものなんだろ。だからカトリーナ以外にも、二〇億円出している奴がいるってことか？」

賀来が資料を睨みつけている。

「ええ、そうです。コモドファンドというファンドが二〇億円を出してます。カトリーナ28号の二〇億円と合わせて合計四〇億円の資金を、ジャガーファンドが運用していたんです」

「しかし、四か月という短期間にこんなどでかい損失を出しておいて、ジャガーと連絡がとれないってのはおかしいぞ」

「そうなんですよね」

これについて、飯島は言葉に詰まっていた。

「解約後に手続き上の件でジャガーにメールしたんですが、返信がなく、電話をしても不通だったんです。今まで一度も担当者と会ったことはありませんが、私は管理担当ですので、決算情報を受け取ればそれで業務はできます。だからメールだけで充分だったんです」

管理体制に重大な問題があるのではないかという追及に、飯島は表情を引き締めながらも、こう弁解した。

「今回連絡が取れなくなったのはファンドが解散して契約が終了した後で、特に問題が生じたということはありません。当社は法令や社内ルールに基づいて適正に処理していますし、取引するに当たっては、事前に当社の投資委員会の委員がシンガポールの現地事務所まで赴き、説明を受け、適正と判断しております。ですからガバナンス上の問題はありません」

そのシンガポール視察に問題があったのである。投資委員会の委員には、これから聞き込みをする予定になっていた。

「このコモドファンドにジャガーの連絡先を聞いてみたのか？」

「それがこのファンドも転居してて、繋がらないんです」

「そりゃあ怪しいなあ」

賀来がまた資料を手に取る。

「これがミックファンドか？」

「ええ、例のD案件のファンドです」

石田が資料を覗き込む。

「これもカトリーナ28号からの投資じゃねえか。それも同じ二〇億」

「投資期間も同じです。昨年九月に運用を開始し、一二月に終了しています。投資内容も先物・オプションです」

「ジャガーとミックに同時に二〇億円を投資し、同時にクローズしたってことか？」

「そうです」

「どうも腑に落ちないな」

「でも利益が出ているんです」

石田が資料の中の損益表を指さす。

ミックファンドへの投資は、二〇億円に対して六〇〇〇万円の運用益が生じていた。

「一緒に投資していた他のファンドはないのか？」

「今、調査中です」

「このミックって会社はどこにある？」

「シンガポールです。すでにデイビッドに調査を依頼しました」

——二日後。

岸と石田が聞き込みから帰ってくると、賀来が報告書を整理しているところだった。風貌はごついが、意外にきめ細かいところがあり、いつも机の上は小ざっぱりしている。

「どうだった？」

石田は席に着き、パソコンの電源を入れるとため息交じりに答えた。

「投資委員全員が、ジャガー社スタッフについてはよく覚えていないと言ってます」

「同行した運用部長はどうだ？」

「生意気な奴でしたよ」

石田が忌々しそうに顔を歪める。

渋々面談に応じた運用部長は、いかにも損得勘定だけで物事を判断するタイプの四〇歳前後の男だった。

「スタッフの顔なんてもう覚えてるわけないでしょ。だけど運用はまともでしたよ。投資戦略といい収益実績といい、申し分なかった」

D案件であることを意識して、批判的なことは言えないのかもしれない。

シェリーが撮った五枚の写真を見せたが、「これじゃあよくわからないよ。写りが悪すぎて」と、話にならない。

「でも、あのダークブルーのシャツの男……」

石田は岸に視線を移す。

「写真を見せた時、運用部長が何かを思い出したように、一枚の写真を手に取ったんです」

その写真はエントランスフロアの壁に取り付けられた全テナント名が並んだ金属製表示板を撮ったもので、その脇に、横向きのためはっきりとした人相はわからないが、年齢が三〇代ぐらいで腕に刺青があり、ダークブルーのワイシャツを着た白人男が写っていた。

「岸さんがしつこく確認したら、しまいには感情的になって。でもやっと思い出したんですよ。あのダークブルーのシャツの男を一八階で見かけたと」

彼によると、あの日一八階でトイレに行った際、嗚咽が聞こえたので洗面所を覗くと、あれと同じ色のシャツを着た男が苦しそうに嘔吐していたという。

「顔は見たのか？」

「それが残念ながら。声をかけたところ、いきなりぶつかってきて撥ね飛ばされたので、見る余裕もなかったと。だけどあのシャツの色だけはしっかり覚えていると言ってました。これからデイビッドに連絡して一八階のテナントを洗ってもらいます」

「そっちはどうです？」

「いま聞き込みをしてるところだ」

バロー銀行在日駐在員事務所の入る六本木タワービル地下駐車場の領収証が、カトリーナ社の経理で見つかった。社用車を使っているのは香取だけであることから、現在ビルテナントに聞き込みをしている。

「あ、デイビッドからメールが届いてます」

石田はそう言ってパソコンを覗きこんだ。

「え！」

「どうした？」

「ミックのシンガポールオフィスはすでに解約され、関係者に連絡がとれない状況とのことです」

31

「運用に失敗した二〇億円って、カトリーナ社のカネではないんですか？」

ＢＰＴのデスクで、石田が資料を見つめながら頭を抱えている。

「カトリーナ社はファンド運営会社《GP》だ。彼らはカネを出してくれる投資家を募り、自分たちの作ったファンドに集めた資金を管理・運用しているだけで、運用資金を出している投資家は他にいる。でもファンドの業務はすべてＧＰの名で行われるから、投資家の名はどこにも表れない。資金の出し手を解明するのは至難の業といっていい」

「ファンドを隠れ蓑にした金融犯罪が後を絶たないのはそのためなんですね。でしたら、このミックファンドへの貸付けっていうのは、どういう意味があるんでしょう？」

岸もそのことをずっと考えていた。カトリーナ28号からミックへの資金は通常のファンド投資ではなく、普通では考えられない貸付け、つまり資金を融資していたのである。昨夜、監査法人時代の同僚に会ってこのことを相談した時も、それが論点になった。

「久しぶりだな」

脇田雄司の脂ぎった肌とぎらついた目は、以前となにも変わっていなかった。税理士としての知識だけでなく営業センスもずば抜けていた彼は、数年前に独立し、税理士法人の代表として辣腕を振るっている。

「お前も出世したな。脱税コンサルはそんなに儲かるか？」

「相変わらずだな、お前は」

ライトアップされた東京タワーが目の前に見える応接室で、脇田は革張りのソファーにのけぞった。

「お前が財務捜査官とはな。外資で億のカネを稼いでいた奴が、役人の給料だけじゃあ足りんだろ」

「俺はお前と違って銀座にも六本木にも縁がない。自宅近くのバーに通うくらいのカネには困らないさ」

脇田はふっと息を漏らす。

「早速だが、これを見てくれ」

カトリーナ28号が投資しているジャガーとミックのファンドの概要図を差し出した。

脇田は気乗りしないのか、浮かない表情でそれを手に取る。

「この二つのファンドに、カトリーナ28号からそれぞれ二〇億円ずつ流れている。ジャガーは他からも二〇億円の運用資金を受け入れ、合計四〇億円を運用していたが、結果は四〇億円の損失を出し、消滅。ミックの運用資産規模などはまだわかっていない。この二つとも日経先物・オプション取引で運用していた。注目すべき点は、カトリーナ28号からこの二つのファンドに、同時に同額の資金が流れていたってことだ」

「同時に、同額、二つのファンドとも先物・オプションか？　ジャガーの運用におかしなところはなかったのか？」

「運用の専門家に依頼したが、運用報告書の通り、日経先物とオプション取引を行い、極端な買い建てだったため、昨年一二月のインドショックでファンド資金全額がやられた」

「ジャガーのカネを横領した可能性は低い、ということなんだな」

「あり得るとすれば、ミックだ。我々はこのジャガーとミックが、カトリーナが横領のために作ったファンドだと睨んでいる」

「だが、ミックの運用状況はまだわからないんだろ？」

　岸が頷く。

「時間がかかりそうだ」

「だったら俺にはわからんよ」

　カネにもならないことに時間をかけたくない、とでも思っているのだろう。脇田は資料から視線を外す。

「同時に同額ってところが引っかかってるんだ。似たような事例でもいい、何か参考になりそうなことがあれば教えてくれ」

「二つのファンドに同時に同額か……」

腕を組み、天井を見上げながら唸った脇田は、しばらくして身を起こす。

「だいぶ前のことだが、同じ銘柄の現物株の買いと空売りを、同時に行う手法で脱税した事件があった。売りと買いの両建て取引だから、その後、相場が上がっても下がっても、一方が利益で他方が損失。二つ合わせれば損益はゼロ。証券会社に手数料を払うだけ損する取引だ。だが、脱税額を考えれば、そんなものは必要経費といえる。その仕組みは……」

「悪いが、俺の知りたいのは脱税スキームじゃない。横領だ。だが、その手口は面白そうだな。仮にそれを当てはめれば、ジャガーは四〇億円の損失を出しているわけだから、逆にミックは四〇億円の利益が生じていることになる」

「その通り、二つのファンドを合わせれば損益はゼロ。だがそれじゃあ横領はできないだろう」

と、その時、何かがぼんやりと岸の脳裏に浮かび上がった。それを必死に手繰《たぐ》り寄せる。

ジャガーとミックが共謀すればできるのではないか。

「何かぴんと来たことがあるのか？」

岸の表情の変化を、脇田は見逃さなかった。

「俺たちの調査では、カトリーナからミックに流れた資金は、単なる投資ではないことがわかっている。実態は融資に近い、つまり貸付けだ」

脇田は眉をひそめた。

「デリバティブファンドに貸付け？　あまり例がないな。そうすると、金利しか受け取っていないというのか？」

「そうだ。ミックへの貸付け期間に対して年一〇%。貸付利息として、カトリーナ28号はミックから約六〇〇〇万円を受け取っている」

「四〇億の利益が出ていたとしたら、たった六〇〇〇万円しかもらっていないのはおかしいな。仮にジャガーと同じファンド投資なら、利益の半分、つまり二〇億もらえるはずだからな」

そこで脇田も横領の手口がわかったのか、目を見開く。

「残りの一九億四〇〇〇万円がどこに行ったかわからないってことか」

「ああ、そうだ。貸付け契約だから金利しかもらえない。投資形態の違いを利用する手口で、投資家から集めた運用資金を騙し取っていたんだ」

「なるほど。一方を買い、他方を売りとしておけば、相場が上がろうが下がろうがどっちかのファンドに必ず利益が出る。それを横取りするということだな。相場リスクゼロで確実に横領できる究極のスキームだ。だがミックの証券取引の調査には時間がかかるって言ってたな？」

「かなり複雑な取引をしている。ミックからさらにもう一つ別のファンドに再投資し……」

「つまり、複雑なスキームの実態を解明したら貸付けだとわかった、ということか？」

「そうだ。だから証券取引の確認が容易ではない。ジャガーも同じように複雑だが、こっちは通常のファンド投資で、カトリーナとしても運用責任があるから、自ら証券取引の書類を取り寄せ詳細に検証したが、ミックは貸付けで、金利も元本返済も問題なく受けているからそこまでの義務はないと拒否している。しかも、一緒に投資していたコモドやミックの関係者に連絡がとれない。事務所は使った形跡がなく、実体がないファンドだったかもしれない」

「みんなグルか。国家権力を使って、直接証券会社から資料を取り寄せたらどうだ？」

「そんな簡単にはいかない。証券会社も銀行も会計事務所もタックスへイブンにある」

脇田は大きくため息をついた。

売りと買いの両建てスキームだとすれば、どうしてもミックの証券取引の詳細が必要となる。ミックの資料さえ入手できれば犯罪の証拠に繋がるのだが、守秘義務という高い壁が目の前に立ちはだかっている。

何かほかに方法はないものか。横領スキームを頭の中で整理していた岸は、ふと重大な見落としがあることに気付いた。いくらミックの証券取引を分析しても、犯罪を暴くことはできないかもしれない。

「この方法には、一つ大きな欠陥があるんじゃないかな」

「何だ？」

「仮に相場が上昇していれば、売りポジションのミックに損失が生じてしまい、横領はできなかった。相場が下落したからこそ、貸付け契約のミックの利益を手にできるんだ。誰にも予想できない将来の相場を、このスキームにどう落とし込めばいい？」

脇田は頷きながら、苦笑する。

「お前の言う通りだ。買いポジションのファンドを通常の投資、つまり出資契約、売りポジションのファンドを貸付け契約という組み合わせにした場合、相場が下落しなければスキームとして成立しない。運用開始後、相場が上昇したからやっぱりミックではなく、ジャガーを貸付け契約にしようなんてことはできないからな。このスキームでは無理があるかもしれない。だが、こう考えればどうだ。とりあえず運用を始めておいて、運用が終わった後にどっちを貸付け契約にするかを決める。相場が下落したらミックに、上昇したらジャガーにな。普通ではあり得ないが、関係者全員が共謀すれば何だってできる。投資条件を記載したファンドの投資契約書を後で作って、運用開始前の日付を書いておけばいいんだ」

「それはわかっている。俺が言ってるのはそういうことじゃない。後から作った投資契約書が、運用前には存在しなかったものだということを、どう証明すればいい？　作成日を特定することは不可能に近い。投資契約書の日付偽装をやられたら、手も足も出ないんだ」

「どうでした？　賀来さん」

石田が資料を机の上に置き、顔を突き出す。横領スキームについての岸の考えは、すでに二人には伝えてある。

賀来の帰りを待ちわびていた岸も身構えた。

席に座ると、賀来は買ってきた缶コーヒーをゆっくりと味わう。

「投資契約書の件で、面白い話が取れたよ」

カトリーナ28号の会計処理は外部委託されず、GPであるカトリーナ社の管理部が行っている。ジャガーとミックに対する投資の会計帳簿を調べたところ、運用開始の九月から手仕舞いの一二月まで、本来であれば、ジャガーが『有価証券二〇億円』、ミックが『貸付金二〇億円』と計上すべきところ、二社とも、いわば使途不明金の性質を有する『仮払金』という科目に計上されていた。これはまさに、岸が考えている横領スキームを裏付けるものだった。運用が終わらなければどちらを貸付け契約にすればいいのか確定せず、それまで『仮払金』という宙に浮いた会計処理をしていたのである。

カトリーナの元管理部社員が上司の飯島に確認したところ、処理を待ってくれと言われたので、やむを得ずいったん『仮払金』に計上したが、その後、三か月ぐらい経った一一月頃になってもまだ指示がなかったので再度確認すると、まだ契約書が届いていないと言われたのだという。

「契約書がないと運用内容や投資条件がわからないから会計処理できないというわけですね」

「でも飯島は、業務が忙しくて指示するのを忘れたと言ってましたよね」

「その件で飯島に問いただしたら、契約書が香取から管理部に回ってくるのが遅れたと言い直した」

「嘘をついていたんですか？」

「ああ、香取の指示だ」

「それで、投資契約書は？」

「これだよ」と言って、賀来は岸に契約書の写しを差し出す。

運用が開始される前の、八月の日付のものだった。

石田は日付を見つめている。

「この日付が偽造だと証明するにはどんな方法があるんですかね」

「元管理部社員の証言と仮払金という会計処理だけじゃあどうにもならないかもしれねえな。なあ岸、どうする？」

賀来が腕を組み、岸の反応を窺う。

「香取の口を割らせるには、これだけでは不充分のような気がしますが、これ以上のものは出てこないでしょう。スキームを突きつけて、香取の出方を見るしかなさそうですね」

「いちかばちかやってみるしかないか」

岸たちは香取の事情聴取に踏み切った。

32

灰色の雲が空を覆い、今にも雨が降り出しそうな気配だった。

すでに三〇分が経過していた。

石田は貧乏ゆすりをしながら、「遅いですね」と何度も口にしている。そのうち立ち上がり、会議室の窓から大手町のビル群を眺めては息をつき、また席につく。気持ちを落ち着かせようと必死のようだ。

ようやく香取が現れ、岸たちを品定めするかのように見据えた。

「何の用なんだ？」

石田が身を乗り出す。

「ファンドの運用の件で確認したいことがあります」

「もう散々調べたんだろ。俺は忙しいんだよ」

香取は石田を睨みつける。

「昨年一二月にジャガーファンドが解散し、二〇億円もの損失が生じています。ジャガーとの取引のきっかけを教えてください」

「あんたたちに答える義務はない」

「質問に答えてください」

「ファンドに損失が出ていることが問題だったら、この世の中のファンドはどこも問題になる。運用に損失はつきものなんだ」

「ジャガー社のことをどこでどのように知ったのか、教えて頂けますか」

石田は質問を繰り返す。

上着のポケットから金色のライターを取り出し、香取はわざとらしくゆっくりと火を点《つ》けると大きく吹かした。

「そんなに知りたけりゃ聞かせてやるよ。赤沢に紹介されたんだ。デリバティブ運用で高いパフォーマンスを出しているファンドがあるってな」

赤沢の名が出るとは想定外だった。それが事実なら、赤沢は犯人に近い存在ということになる。五〇〇〇万円のクレジットカードは、犯人グループに引き合わせたことへの謝礼なのか。だが、騙されたのがカトリーナ社であるはずがない。

「それはいつのことです？」

「忘れたな」

「ジャガー社の誰を紹介されたんですか？」

天井に向かって、香取は大きく煙草を吹かした。赤沢について、それ以上答える気はないようだった。

「ジャガー社と連絡が取れないのはご存知ですね？」

香取は何も答えない。

「あるはずだったシンガポールのオフィスがもぬけの殻で、運用開始直後に忽然《こつぜん》と姿を消してしまったんです」

「ほう」と一言漏らし、「それは知らなかったな。運用部長からは何も聞いていないが」と、取ってつけたような驚きの表情を作る。

「デリバティブというリスクの高い投資をする上で、ジャガー社について調査をしなかったということですか？」

「もしそれが事実なら、赤沢にはめられたとしか考えられん。あいつの強い勧めがあったから取引を決めたんだからな」

「そんなに親しい関係なんですか？」

一瞬、口を歪めたがすぐに戻った。

「前社長からの紹介でもあり、信用できると思ったんだ。こう見えても俺は義理堅い男でね」

煙草の煙を石田の顔に向かって吐き出した。

「しかし、それが運用損失とどう関係があるんだ？　シンガポールのオフィスが転居されていたとしても、運用が中止されたわけではない。四か月間、別の場所でオペレーティングがしっかりと行われているのならまったく問題ない。単に転居の連絡がされていなかっただけじゃないか」

「ジャガーがペーパーカンパニーだとしたらどうです？」

鼻の先でせせら笑った。

「どこにそんな証拠があるんだ」

賃貸借契約書の借り主となっている会社が休眠会社であること、人材派遣会社への一日だけのアルバイト募集、清掃会社従業員の証言。これら客観的事実により、ジャガー社は実体のない会社であると石田は説明した。

「空想はやめてくれ。事務所の借り主が休眠会社でも、ジャガー社が実際に存在した会社だったら何も問題ない。事実、運用は行っていたんだ」

「その運用なんですが、シンガポールのミックというファンドにも全く同じ時期、同じ金額を投資してますね。ただし貸付けとして」

太い首をそらぞらしくぐるっと回し、香取は窓の外を眺める。

「投資先であるミックの運用内容について、会計事務所と証券会社に情報開示を要請してください」

「あんたたちにそんなことを言う権利はない」

「投資家を欺くような運用をしているのかもしれない。だから運用の検証をするんです」

「勘違いしてないか？　ミックは利益が出てるんだ！　検証なんて必要ない！」

石田が岸に顔を向ける。香取の視線が岸に移る。

「私たちはジャガーとミックが一体の取引をしていると考えています。この二つのファンドは先物市場とオプション市場を通じて、同時に同銘柄を同数量、ジャガーは買い、ミックは売りでそれぞれ発注した。その後相場が上がろうが下がろうが、二つのファンドの損益の合計はゼロです。四か月後、インドショックが起き、ジャガーに多額の損失、ミックに同額の利益が発生したところで、この二つを同時に手仕舞いした。ジャガーの損失額は四〇億円。そのうちカトリーナ28号の投資額二〇億円は紙くずとなった。もちろん、ミックには利益四〇億円が出ているはずです。そしてカトリーナ28号は貸付金利六〇〇〇万円を受け取った」

「だから何だっていうんだ！」

「ミックは四〇億円の利益があるのに、カトリーナは六〇〇〇万円しか受け取っていない。仮にミックへの資金が貸付けではなく、通常のファンド投資だったら、利益の半分の二〇億円を受け取れるはずなのです」

香取はライターのキャップをカチカチやり出した。

「だから何なんだ！」

「残りの一九億四〇〇〇万円はどこに行ったんです？」

「何を言っているのか、俺にはさっぱりわからないな」

「はっきり言いましょう。あなた方はミックに生じた運用利益を横領している」

「バカバカしいことを言うのはやめろ！」

「この方法なら爆弾テロやデマを意図的に流して価格を暴落させるような大掛かりな仕掛け

は必要ありません。仕込んで待つだけです。それも最初の段階で売り買いだけしておけば、あとはクローズするタイミングまで何もメンテナンスする必要がない。二つのうちどちらかのファンドに必ず利益が生じる。それを盗み取ればいい。しかも運用は、日経平均先物とオプション取引という上場デリバティブです。価格操作ができない公正な証券市場で行われているから不正などあり得ないと関係者は判断するでしょう。仮にインドショックがなかったとしても、価格変化の感応度が著しく高い、つまり極端な傾きをつけたポジションにしておけば、時間の経過とともに損益は膨らむ。その上、ファンドはそれぞれが独立した組織で運営していて、守秘義務がある。投資家サイドでは確かめようがない。こんなやり方なら簡単にファンド資金を騙し取ることができます」

「そんな下らん話はよせ。そもそもそんな仕組みができるはずがない」

「どうしてですか？」

「どちらのファンドに利益が出るかなど、運用してみなければわからないからだ」

「その通りです。そこにこのトリックの最大のポイントがある。だからあなたは、あとから契約書を作ったんです。契約書なしで運用を開始し、後日ファンド損益が確定した時点で日付を偽って契約書を作った。運用開始前の八月の日付で、利益が出たミックを貸付け契約に、損失のジャガーを出資契約に。だから運用当初、管理部にファンド契約書が回らず会計処理が遅れた。契約書はあなたが保存していたと飯島部長は証言しています。あなたが契約書をバックデートで作ったんだ」

「でたらめを言うな！」

「でたらめかどうか、運用の詳細を見ればわかります。ミックについて証券取引の書類を取り寄せてください。もし会社で取り寄せできないなら、当方から手を回し開示請求をします」

煙草を灰皿に押し付け、ふんと鼻を鳴らすと、香取は薄笑いを浮かべながら、電話機を引き寄せ内線ボタンを押した。

すぐに秘書と思われる女性が会議室に現れ、一冊のファイルを香取に渡す。それを岸の目の前に放り投げた。

視線を向ける。

『カトリーナファンド投資契約書』という文字が見えた。

開くと、カトリーナ28号がジャガーとミックとの間で交わしたファンド契約書だった。

その表紙の余白に、虎ノ門公証役場という名称と日付の入ったスタンプが押されている。

「確定日付――」

石田が呟く。

公証人が、その日にその書面が確かに存在したことを証明するスタンプである。

岸は目を疑った。

八月二四日と記されている。

何かの間違いではないか——。

「どうだ、わかったか。この確定日付が証拠だ。契約書は運用開始前にあった。お前の言う方法では不可能。横領などあるわけがない。こっちは忙しいんだ。もう調査はやめて、とっとと帰れ！」

そう吐き捨てると、契約書を持って部屋を出ていった。

岸は言葉を失い、石田も口を開けたまま動きを止めている。

静まり返った部屋に取り残され、しばらく言葉も出ないまま椅子に座っていた岸に、携帯が着信を告げた。液晶表示に『永友』の文字がある。何か差し迫った事情を感じながら通話ボタンを押した。

「永友だ。今いいか？」

「あまり長くは話せませんが」

「本間室長には断ってあるが、ＪＡＦＩＣに戻る前に、私のところへ寄ってくれないか」

「どうしたんですか？」

「詳しいことは後で話すが、今日をもって、君の警察庁への出向が中止となった」

33

「なぜ私が辞めなきゃならないんですか？」

「これを見ろ」

東亜監査法人の役員応接室で、永友が差し出した一枚の紙に目を走らせた岸は、一瞬大きく息を吸い込んだ後、唸り声を上げた。

「いったい誰がこんなものを？」

「わからん。これと同じメールが警察庁や金融庁、会計士協会や当法人の上層部の特定人物に送られてきた」

そこにはこうあった。

岸一真は卑劣な犯罪者だ。ＳＯＬの東西自動車買収に乗じてインサイダー事件を起こし、多額のカネを詐取した。それればかりか、捜査を妨害するため、ＳＯＬビルを爆破し、インサイダー事件の共犯者を殺害した。そんな非人道的で残虐な人物が国家機関に身を置き、犯罪捜査の重要な業務に携わることなど言語道断だ。この事実をマスコミに公表されたくなければ、即刻、岸を罷免しろ。世間がこれを知れば、岸を採用した警察庁だけでなく、それを後押しした監査法人は必ずや社会から糾弾され、責任追及の声が上がるだろう。

岸はその紙をくしゃくしゃに丸めてテーブルに叩きつけた。

「冗談じゃない！　俺は何も悪いことはやってない。永友さんだってそう思ってるから俺に声をかけてくれたんじゃないんですか」

「私は君を信用している。君が罪を犯すはずがない」

「だったらなぜ俺が辞めなきゃならないんですか？」

「こんなものが公表されてみろ。世間がどう見るか、君だってわかるだろ。真実を見定めることより、根拠のない噂話に関心が寄せられ、次第に尾ひれがついていくに決まっている。それに、買収ファンドであるＳＯＬは、乗っ取り屋と揶揄されたこともあった。君だって、法律には触れないまでも、汚れ仕事の一つや二つは経験しているはずだ。君は意識していなくても他人から憎まれることもあったろう。そのメールが何よりの証拠だ」

岸は歯噛みした。永友の言う通り、敵意や反感を持っている者は多いだろう。だが、自分は犯罪者ではない。

「それとこれとは別です。インサイダー取引の嫌疑をかけられたのは事実ですが、そんなことよりも、俺がビル爆破で打田を殺したなんてあり得ない！　そんなことを言われて黙っているわけにはいかない。こんなデマを流す奴のいいなりになっていいんですか！」

「私は君の過去をとやかく言うつもりはないし、こんなたれ込みなど信用していない。君が友人の死を誰よりも悼んでいることもわかっている。がしかし、たとえ作り話であっても、これをばらまかれたら、何も事情を知らない者にとっては迷惑でしかないんだ。関係者は疑念を抱くだろう。それを払拭するには時間が必要だ。君には悪いがここは引き下がるしかないだろう」

「俺は納得できない！」

「すまん。わかってくれ。君を推薦しておきながら身勝手なようだが、これは上からの指示だ。すでにその方向で話が進んでいる。君が拒絶してもどうにもならないんだ」

ＢＰＴに戻った岸に、「監査法人の都合で出向停止となった」と、本間室長は奥歯にものの挟まった言い方で辞令を下した。

何度も理由を問う石田に、「監査法人の業務上の都合」という理由を繰り返して残務整理を終え、石田たちBPTの仲間を振り切るように警察庁を後にした。周りの誰よりもこの状況を受け入れられなかったのは岸だった。ようやく犯人を目の前にした瞬間に、落とし穴に落っこちてしまったようなものである。

それから先はどのような経路で高田馬場に辿り着いたのかまったく記憶になかった。気付いたのは、学生で賑わうさかえ通りの入口付近で、やくざ風の男の肩にぶつかり、よろけながらビル沿いに並んだ自転車に倒れ込んだ時だった。

「どこ見て歩いてんだ！」

怒声を浴びながら、自転車に埋もれた体を起こそうとした岸の腕に、通りがかりの男の手が伸びた。ぼんやりと目に入ったのは、アバンギャルドのマスターの顔だった。

店内にはかすかな葉巻の香りが漂っていた。

ソファーに横になりながら、岸は少し寝入ってしまったようだ。少し目を開け、辺りを見回す。

「はい、私です」

マスターのどこか沈んだ声が耳に届く。カウンターに視線をやった。マスターが携帯を手にしている。

「何とかなりませんか？……そこを検討してもらいたいんです。……そうですか、わかりました。残念ですが」

大きくため息をつき、マスターは項垂れた。

ママが体調を崩して店を休み始めてから、売上が落ち込み仕入れ先への支払いも遅れぎみだと亜紀から聞いていた。

そこにカランというドアベルの音。

「あ、マスター。どうしたんですか、こんな早い時間に」

マスターはソファーの岸に視線を投げる。

「どうしたの？」と声を上げ駆け寄った亜紀に、さかえ通りでの出来事について話すと、呆れた顔をしながらカウンターの中に入っていった。

マスターがグラスにミネラルウォーターを注ぎ、そこにアンゴスチュラ・ビターズを数滴垂らす。

「これでもどう？」

カウンターに腰掛け、岸はそれを一気に飲む。頭がさっぱりして気持ちよかったが、それも一瞬のさっぱり感で終わった。

コーヒー豆の香りが漂う。

オープンの準備をしていた亜紀がCDをセットし直すと、ヒップホップ系の軽快なリズムが店内に流れる。

「これ亜紀ちゃんのCD？」

マスターの声に亜紀は舌を出し、CDを取り換えた。サックスの心地よい音色が広がる。

「そう言えばこの前、レンタルで変な映画観ちゃった。『運命のボタン』っていうの」

後味の悪い映画だったことを岸は思い出した。

マスターは砂時計をカウンターに置く。

「どんな映画だい？」

「ある老人がいきなり普通の家庭に現れて、変な装置を置いてくの。その装置のボタンを押せば一〇〇万ドルを手に入れることができる。でもその代わりどこかで見知らぬ誰かが死ぬ。そんな映画なの」

「風変わりな映画だったよな」

「なんか気味悪かった。人を犠牲にして自分の幸せを手に入れるなんて」

マスターは、「そうかい」と聞き流し、ドリップに湯を注いだ。

「観たんですか？」

「いいや」

砂時計を見ながら、マスターが右手に持ったポットを小刻みに動かし、何回かに分けてゆっくりと湯を注いでいく。

「フィクションだからそんな究極な選択もありかなって思ったけど、リアリティがなさ過ぎるわよね」

「所詮映画だから、大げさに表現するんだよ」

「そうかな」

マスターはポットを置き、砂時計を見つめながら呟く。

「どこが違うんだい？　今の世の中と」

店内に流れる曲がマスターの声に被さった。

「え？」と亜紀が聞き返したが、岸の耳にはその言葉がしっかりと届き、ゆっくりと腹の底に沈み込んでいった。

34

まだ体調はすぐれなかったが、浜松町にある弁護士事務所に足を運んだ。

時間は余るほどある。再三にわたる面談要請を断る理由がなかった。ＳＯＬを辞めるまでは順調だった返済も、今年に入ってから滞り、警察に出向した後は少ないながらも返済してきたが、また先が見えない状況に逆戻りした。

弁護士から返済計画を示せと言われても、当てなどあるわけがなかった。めぼしい財産がない相手に、法的手段は取らないだろう。裁判をしたところでコスト倒れになるのは目に見えている。誠意をもって、無い袖は振れないという意味のことを婉曲に言い続ければ、まともな弁護士であれば無茶なことはしないはずである。それに、貸主は資産家と聞いている。仮に借金を踏み倒したところで、痛くも痒くもないだろう。

結局、次の就職先を至急見つけるようにと指図され、何事もなく弁護士事務所を後にした。

自宅に帰る途中、岸は思い出したように麻布十番駅で途中下車した。

六本木で車に水をかけられた時にハンカチを貸したことなど、彼女はおそらく忘れているだろうが、部屋の中に女物のハンカチがあることがどうも落ち着かなかった。

もしいなかったらポストに入れて帰ろう。そう思い携帯をポケットから出した時。

「どうしたの？」

背後から藤森麻耶の声が聞こえた。

「まだ何か用でもあるの？」

雨の日に借りたハンカチを返しに来たと岸は告げた。

「本当にそれだけ？」

彼女は怪訝な顔で岸を見つめる。

「本当だ。俺はもう捜査には関係ない」

理由があって警察を辞めたことを話すと、「そう」と素っ気なく言い、腕時計をちらっと見た。

「私、今日は休みなんだ。ご馳走してよ」

「この時間から開いているのはこの店くらいだけど。でもここ最高なのよ」

そう言って、彼女は焼き鳥を注文した。

麻布十番商店街から路地を少し入った小さな居酒屋は、すでに半分ぐらいの席が埋まっていた。

「で、何で辞めちゃったの？」

「まあ、いいじゃないか」

話をはぐらかすと、関心がないのか彼女はそれ以上追及してこなかった。

クラブでは「ここには酒を飲みに来ているのよ」と、客の酒をがばがば飲んでいた彼女は、ここでもビールから始まり、とりとめのない会話をして一時間。五杯目の芋焼酎のロックを飲みほし、今また追加を注文した。騒いで人に当たるわけでもなく、逆に湿っぽくもならない。顔や口調には酔いはまったく出ていなかったが、いくぶん話し上戸になって、自分から身の上話を始めた。

「群馬の高校卒業してすぐに池袋のスーパーに勤めたんだけど、そこの店長がエロ親父で、六〇過ぎの妻子持ちのくせして私にセクハラよ。頭にきて副店長に相談したら今度はパワハラ。耐えられなくなってスーパーを辞めたの。岸さんが警察辞めたのも、やっぱり人間関係なんでしょ？　あそこ、大変そうだものね」

「どうかな」

岸は焼酎に口を付けてから焼き鳥の追加を注文した。彼女は自分の話に夢中になっているようだった。

「高校の時の先輩が池袋で化粧品のセールスやってて、すごく羽振りが良かったから、私もそこに入れてもらったの。そうしたらそこがキャッチセールス。街頭で若い娘を捕まえて、無料エステモニターを募集してるだとか、無料で商品を提供するだとか、適当なこと言って事務所に連れ込むのよ。それで化粧品を売りつけて、契約するまで帰さないの」

「そんなことやってたのか？」

「こっちも生活がかかってるから必死だったのよ。それでかなり儲けたわ」

「だが、一部の業者が摘発されてたよな」

「私は大丈夫だったわ。悪いことやってるってわかってたし、早くこんなことやめなきゃと思って、夜の仕事を掛け持ちで始めたの」

その時の客が赤沢であり、彼の口利きでカトリーナ社に就職することになったのである。過去はすでに洗っていたから大方のことはわかっていたが、彼女の口からこんな話が出るとは思ってもみなかった。岸が人に言えない理由で警察を辞めたことが、彼女の心を開かせたのかもしれない。

「大丈夫なのか、生活は？」

赤沢がいない今、誰が家賃を支払っているのか、少し気になった。

「こんど引っ越すの」

「どこに引っ越すんだ？」

「南青山よ」

「意外だな。生活に困っているんじゃなかったのか？」

「もう大丈夫よ。新しい男を見つけたから」

赤沢の話題が少しも出なかった理由がそれでわかった。男女を結びつけているものは様々であり、時にそれは複雑だが、彼女の場合には実にシンプルのようだった。

35

電車は飯田線辰野駅でしばらく停まった後、ゆっくりと車輪を動かし、心地よい振動と走行音を発しながら山間《やまあい》を縫うように走りだした。しばらくすると視界が広がり、透き通るような秋空と遥か遠くの山々へ繋がる緩やかな傾斜の盆地が現れる。

重なり合ういくつもの雄大な高峰を見つめる目の奥が、まるでテレビアニメに吸い込まれる子供のように次第に輝いていくのがわかった。口元が緩み、いくぶん頬が艶っぽく見えたのは気のせいかもしれないが、雄大な山体が連なる稜線は、孝雄だけではなく、誰もが心奪われる風景である。

森林育成事業に参加して以来、孝雄は山に興味を持ち、山里で生活する人々との交流を続けてきた。その事業を主催する会社が収穫祭を催すという。岸が監査法人勤務の時に、コンサルティング業務を引き受けていた会社でもあった。

気持ちが整理できたわけではなかったし、まだ頭の中は混乱していたが、家にいれば悶々とした気分を引きずるだけになる。環境を変えようと足を運んだ岸は、子供の頃の記憶が蘇るような、ゆったりとした気持ちになっていた。

車内のボックス席では、皺だらけの老女がうたた寝をし、坊主頭の男子高校生が背もたれによりかかり、携帯をいじるのに夢中になっている。すでに刈り入れの終わった、どこか物哀しい田園風景や、差し込む秋の陽光が、人々を安閑と包み込んでいる。まるで大きな川の流れが岩にせき止められて造られた淵のように、時勢から離れたところで固有の世界を形作っているように、岸には思えた。

正午過ぎに最寄り駅に着き、タクシーに乗って一〇分もすると、広大な松林を背に二階建てのビルや工場が建つ本社が見えた。瀟洒《しょうしゃ》なレンガ造りの建物の前の特設ステージで、一〇人ほどの若者が吹奏楽を賑々しく披露している。松林の間に作られた屋台に、大勢の大人や子供たちが集まっていた。社員たちが地元でとれた食材を使って、この地域や取引先の人々に、できたての料理を振る舞うのが収穫祭の趣旨である。

色づく木々の香りや穏やかな風を感じながら、岸は元役員や営業課長と挨拶を交わし、孝雄は森林育成事業のスタッフと一緒に、午後二時の閉会まで木工製品の販売を手伝っていた。

「来月は一周忌なので、少しずつ父の遺品を整理し始めたんです」

帰りのあずさ号の車中、隣に座る孝雄の言った言葉で、彼が前に向かって歩み出しているのだと岸は感じた。

孝雄はバッグから数枚の写真を取り出す。

打田と自分が並んで写る写真を見つめ、岸は昔日の思いに胸が重くなった。

シンガポールのホテルで開催したパーティーは今でも覚えている。カメラに向かって乾杯のポーズを作り、笑みをたたえている打田の隣で、彼の肩に手をかけている岸がいる。二枚目の写真も同じ会場で撮られたものだった。これにも打田と岸が写っている。気持ちを落ち着かせようと窓の外に視線をやり、孝雄に気付かれないように息を整えた。

三枚目はどこかのダイニングバーで、打田と見覚えのない五、六人の男女が並んで写っていた。たぶんSOL勤務の時のものではないのだろう。真ん中の若い女性が花束を持っている。同僚の誕生日か人事異動だろうか。その横でワイシャツ姿の打田が笑っていた。

その隣の男を見て、頭の片隅に何かがぼんやりと浮かび上がる。意識を集中し、記憶を手繰り寄せる。暗闇の中に鈍く光る瞳。胸元で輝きを放つペンダント。

――トニー・クレマンだ。

インサイダー取引の重要参考人として捜査線上に浮かび、打田が共犯として疑われ、岸にも捜査が及んだあの張本人。

写真はないと思っていた。打田もそう言っていたように思う。こんなところで出くわすとは奇遇だが、すでに捜査は終了している。これを持っていったところで警察は動かないだろう。岸の胸がにわかに騒ぎ出す。ならば俺の手でこいつを捜し出し、真実を暴くしかないのかもしれない。写真に写っている他の人物を特定できればクレマンの素性がわかるはずだ。

顔つき。体格。腕の刺青。その細部に至るまで、岸はクレマンの画像に集中した。

頭の中のどこかで、何かがぴかっと光ったのはその時だった。

――どこかで見たことがある。

心臓が大きく波打つ。

すぐに携帯を手に取り、デッキへと走った。

36

新宿に到着して孝雄と別れた後、すぐに高田馬場に急いだ。

すでにカウンターに座り、カクテルを飲んでいた石田とソファー席に移動する。

「見せたいものって何ですか？」

岸は写真を取り出し、石田の目の前に差し出した。

「この男だ」

石田の目がぱっと開く。

「同じですね」

バッグからシェリーが撮った画像を取り出し、石田は二枚を並べた。

ホワイトシャツの袖を肘まで捲りあげたクレマンの前腕には、ダークブルーのシャツの男の腕に刻まれたものと同じ、トライバルデザインのタトゥーが彫られていた。

「体つきからみてもこの二人は同一人物ですね。いったい誰ですか？」

「トニー・クレマン。インサイダー事件の重要参考人だ」

「インサイダー？」

石田が呟く。

「昨年ロンドンで起きた未解決の事件だ」

「するとクレマンが二つの事件に関わっていた可能性があるということですか？」

「そうとしか考えられない」

「この写真は、いつどこで誰が撮ったものなんですか？」

「SOL関係者でないことは確かなんだが、それ以外はわからない。捜査当局もこの存在を掴んでいないと思う」

石田はまだ頭の中が曇っているようだった。

「その後、新しい情報は？」

「SGXビル一八階のすべてのテナントが、写真の男に見覚えがないと証言しています」

言い終わると、石田は身を乗り出した。

「そのインサイダーとはいったい何のことですか？」

「俺と打田が捜査の対象となった金融事件だ」

岸はそのいきさつを、陰々滅々と語った。

SOLの仕組んだ敵対的買収とその後に起こったインサイダー事件、岸と打田にかけられた嫌疑。石田は俯きながら、岸の声に聞き入っていた。

「あの東西自動車の買収は話題になりましたが、ロンドンでインサイダー事件が起こっていたことは知りませんでした。日本ではまったく報道されませんでしたから。でも、なぜ岸さんや打田さんが疑われたんですか？」

「打田のメール履歴からトニー・クレマンが浮上したんだ。打田に近かった俺も捜査対象となった」

「打田さんが彼に情報を漏らしたんじゃないかって疑われたんですね？」

「ただ決定的な証拠があったわけではない。大量売買を行った口座や証券取引から割り出した多数の銀行口座はクレマンの名義ではなかったし、送金先を辿ってもクレマンに結び付く事実はなかった。打田とのメールの内容に関しても、M&Aを直接的に漏らす記載はなく、クレマンという人物が事件に関与していたという決定的な証拠があったわけではなかったんだ」

「では、なぜ？」

「クレマンの行方がつかめず、身元確認もできなかったことが最大の理由だった」

「打田さんは何と言っていたんですか？」

「クレマンとはマカオのカジノで知り合った友人で、シンガポールで数回会って、食事やゴルフをしただけだと供述していた。しかし、香港の自宅には全く別人が居住し、シンガポールには入出国記録がなく、シンガポールのホテルの滞在記録も見つからなかった」

「偽名かもしれないですね。そうなると怪しいなあ。岸さんはクレマンを知っていたんですか？」

「ああ、でも、一度会っただけだった」

執拗な取り調べが連日続き、周囲からは根拠のない噂が広がった。精神的に追い詰められたのは岸だけではない。打田の心理状態は破滅に向かっていたのかもしれない。

「その後、捜査はどうなったんですか？」

「SOLビル爆破事件で打田が死に、捜査は頓挫した」

「え！　白川が言ってたあのロンドンの爆破事件で――ニュースで見ましたが、日本人の犠牲者って打田さんだったんですね」

石田が何か閃《ひらめ》いたように、目を見開く。

「もし、そのクレマンという人物がセプタム事件の犯人だとしたら、岸さんが何者かにデマを流されて捜査から外されたのも、あの暴行事件も、説明がつきますね」

岸は深く頷く。

「クレマンは二つの事件に関与していたんだ」

「岸さん、貴重な情報ありがとうございます。後は我々がやります。それから、なんとか岸さんが復帰できないか、賀来さんに相談してみようと思います。インサイダー事件には全く関与していないんですから辞めさせられるのはおかしいです」

「無理だ。疑われたという事実だけで当局はバイアスをかける。賀来さんが頑張ったところで本間室長がその気にならないだろう」

「何とかやってみます。時間がかかるかもしれないけど」

「もういいんだ。皆に迷惑をかけたくない」

「でも」

「一人で充分だ。俺もクレマンを追う」

「ちょ、ちょっと待ってください。それは我々の仕事です」

「打田はもうこの世にいない。クレマンのことを知っているのは俺だけだ」

「岸さんは狙われているんですよ。何があるかわかりません。我々に任せてください」

「俺は知りたいんだ。あいつとクレマンに何があったのか。なぜあいつが死ななければならなかったのか。あの時、俺が声をかけなければ、あいつは爆破に巻き込まれずに済んだかもしれない。ちょっとした時間の違いで、俺が犠牲になっていたかもしれないんだ。なぜ俺じゃなく打田だったのか。俺はあいつを見殺しにしたんじゃないのか。今でも頭が狂いそうになるほど、自らにそう問い続けている。打田はもう戻ってこない。真実を知ったところで、ぶち切れそうなこの思いが消えるかどうかわからない。しかし俺は、あいつが何を思い、何を摑み取ろうとしていたのかを突き止めたい。あいつの無実の罪を晴らし、あいつの魂を弔いたい。それが、あのビル爆破事件で生き残った者としての責務だと思っている」

石田は険しい顔をテーブルに向けている。

『ひまわり』が店内に流れ始めた。真っ青な空と燃えるように咲き誇るひまわりを、岸は心に思い浮かべる。

ようやく石田は岸に顔を向け、口元を緩めた。

「岸さんの行動は逐次教えてください」

「そちらの捜査情報もお願いしたい」

石田は顔を歪める。

「全部とは言わない。必要に応じて頼む」

苦笑しながら、石田は頭を掻いた。

その後の状況を聞こうと、岸は身を乗り出す。

「確定日付のことだが、確か、虎ノ門公証役場で押されたものだったよな？」

「ええ、そうですが」

「賀来さんが以前確認した契約書には押されていなかったはずだが」

「あれは管理部が保存していたもので、確定日付を入れる前のコピーです。原本は香取が保管していたんでしょう」

「公証役場はどうだった？」

「確認しましたが、原本に日付を押すだけで、公証役場では写しは保存していません。原簿には八月二四日に、確定日付の押印の記録がありました。香取が契約書を持っていますので照合はできませんが、真正な契約書に間違いないと我々は考えています。カトリーナの運用損失に疑わしいところは見つかっていません。あの後、充分議論を重ねましたが、現時点では単なる運用損失という結論です」

「そんなはずはない！　日付を偽造したのかもしれないんだぞ。もっと慎重に調査すべきだ」

「しかし公証役場に記録がありました。偽造の線は薄いです」

「偽造ではないとすると、日付偽造と同じ効果のある他の方法を使った可能性がある。東京のすべての公証役場に、運用開始直前に確定日付押印依頼があったかどうかをあたってくれないか」

石田が首を傾げている。

この数日間考え続け、ようやく思い至ったからくりだった。

「他の公証役場で、ジャガーとミックの投資形態を逆にした契約書に、確定日付を押してもらっているかもしれない」

「二通りの契約書に確定日付を押してもらうんですか？　そんなことできるわけありませんし」

「できる。公証役場は相互に情報共有がされていない。内容が異なる契約書を別々の公証役場に持ち込めば、それぞれに確定日付がもらえるんだ。運用開始前に二通りの契約書を作っておけば、どっちにころんでも対応できる」

石田は目を丸くしている。

「つまり、ジャガーもミックも、出資契約と貸付け契約の二種類の投資契約書をあらかじめ作っておいて、そのすべてに運用開始前の日付を押してもらい、その後の相場の状況に応じて使い分けるってことですか。そんなことができるなんて……」

だが、公証役場の原簿にそれらしい記載があったとしても、それが犯罪の証拠にはならないだろうと、岸は考えていた。

もしその方法で二通りの契約書を作成していたとしても、すでにもう一通は運用終了と同時に破棄しているに違いない。契約書がなければ証拠は存在しない。

完全犯罪である。

37

月曜日の朝、岸は電車を乗り継ぎ大宮駅に向かった。そこから徒歩一〇分の閑静な住宅街に打田の自宅がある。

大学の授業で今日は留守にしている孝雄から、良子の様子は聞いていた。快活な打田とは対照的に控えめで内気な良子は、打田の死の衝撃で体調を崩し、いまだに通院をしているが、玄関で出迎えた彼女の表情は、今夏の初盆の時よりも少し穏やかに見えた。

「ご無沙汰しています。調子はどうですか？」

差しさわりのない言葉をかけることしか思いつかなかった岸に、大丈夫ですと良子は微笑を作った。その表情の裏側で、様々な感情を押し殺しているのだろうと、岸は良子の心情を推し量る。

線香のほのかな香りが漂う和室には小さな座卓がぽつんと置かれ、ノートブックパソコン一台とアルバムが数冊、それに貼り箱が一つ載っていた。

ゆるゆると中に入り、仏壇の前に正座し手を合わせる。

「主人の物もやっと整理する気持ちになりました。あれほど避けていた孝雄も一緒に手伝ってくれたんです」

良子の表情がいくぶん豊かになったのは、孝雄の回復によるものなのかもしれない。彼の状態は徐々にではあるが良い方向に向かっている。

「私もなかなか当時の物を見ることができませんでした。この機会にしっかりと向き合いたいと思います」

座卓の上の遺品に顔を向け、岸は頭を下げる。アルバムを自分の前に引き寄せ表紙を開くと、「会社に入ってからのものです」と良子の小さな声が聞こえた。

職場でピースサインを作ってはしゃいでいる姿。家族でバーベキューを楽しむ寛いだ表情。シンガポールで打田と岸が一緒に写った写真もあった。

すべてを見終わっても、目新しい写真は一つもなかった。

貼り箱のふたを開け、中を見る。携帯、手帳、万年筆、数枚のハガキ、封書の束、そして黒く変色した腕時計が目に留まる。胃に差し込むような痛みが走った。腹に力を入れ、その場をしのぐ。

手帳を手に取り、二年前のページを開く。春頃からシンガポール出張という記載が多くなり、夏からは逆にロンドンという記載に変わっていた。この時期から、ほぼシンガポールに常駐し、その後、東西自動車のM&A業務に入るが、クレマンの名が登場するのは二回だけ。インサイダー対象期間にはクレマンの名は一切出てこない。

携帯のメール履歴を確認したが、やはりクレマンとのやり取りはなく、通話履歴もなかった。

パソコンのメールアドレスはSOLグループではなく個人のものだったが、手帳と同様、何ら不審なやり取りは見当たらなかった。

デスクトップにスカイプのアイコンを見つけ、登録内容をチェックする。クレマンのものと思われるアドレスがあったが、すでに使われていないようだった。

スカイプを使う打田の姿を、ふと思い出し、岸はその場面を頭に描いた。

夜遅くシンガポールオフィスに書類を置きに戻った際、会議室で一人、パソコンに向かってヘッドホンをしていた打田を見かけたことがあった。岸に気付き、あわてて立ち上がった時、はずみでヘッドホンのコードがパソコンから外れ、音が漏れた。

鐘楼の鐘――カリヨンの音が耳に届いたのである。

その瞬間スカイプは切れ、打田と岸しかいない静寂な部屋に戻った。

「ごめん。誰もいないと思って」

「いや、いいんだ。別に大した用じゃない」

「今の、カリヨンだったよな？」

ロンドン勤務時代に、打田と二人でフランドル地方を回ったことがあった。ベルギーのとある街で聞いたカリヨンの荘厳な音色は、今でも忘れられない。

「ああ、そうだ、アントワープの大聖堂だ」

打田は岸の問いを先回りするかのように、言葉を返した。

「クレマンだよ。この前紹介しただろ」

打田は確かにクレマンの名を口にした。

アントワープの大聖堂——。その近くにクレマンがいたことになる。そこに何か繋がりがあるのだろうか。

岸はそれを心に留め、パソコンを閉じた。

貼り箱の中の万年筆と時計を順に手に取ってみたが、何ら変わった点はなかった。

ハガキと封書の束の差出人を見る。

仙台市の児童養護施設『草春ホーム』とあった。

「これは？」

「私も知らなかったことなので驚いているんですが、東日本大震災の震災孤児に、クリスマスプレゼントを贈っていたんです」

中を見ると、打田への感謝の気持ちを表した、子供たちからの絵やメッセージが書かれたものだった。

「主人は阪神大震災の時、神戸支店に勤務していて、あの震災を経験したんです。その時に受けた支援への感謝の気持ちからでしょう。東日本大震災が起きた時には、わざわざロンドンからかけつけ、ボランティア活動に参加していました。ただ、その後もそのような気遣いをしていたとは知りませんでした。海外から手配していたため礼状も赴任先に届いたようです。先月子供たちが見えて、お線香をあげてくれたんです。今年初めに出した便りが宛先不明で届かなかったので、いろいろ手を尽くしてここを捜し当てたと施設の方がおっしゃってました」

こんな篤志家の一面が打田にあることを初めて知り、岸はもどかしさを感じた。打田の近くにいたはずなのに、彼のほんの一部しかわかっていなかったのである。

貼り箱を閉じ、アルバムに挟み込んだクレマンの写っている写真を取り出し、良子に差し出す。

「孝雄から言われて思い返してみたんですが、心当たりはありませんでした。でも、このネクタイはシンガポールで買ったものなんです」

彼女は立ち上がり、鴨居に掛けた背広と一緒に吊るされたグリーンのネクタイを手に取った。写真に写った打田のネクタイと同じものだった。

「SOLに転職し、ロンドン勤務になった時、これを持っていかなかったんです。ですからハンス証券の時の写真だと思います」

――ハンス証券。

新卒採用となった国内証券会社から転職したのは、旧ハンス証券だった。

ハンス証券はシンガポール支店の自己売買部門の運用損が原因で破綻した。今から五、六年前のことである。ハンス証券シンガポール支店のM&A部門をSOLが買収したことで、打田はSOLロンドンに移り、その二年後、岸がSOLに転職したのだ。

「どうして持っていかなかったのですか？」

「ハンス証券のことはもう忘れたいと言っていました。ロンドンで新しいネクタイを買うからと」

打田にとってハンス証券は辛い過去でしかなかったに違いない。ハンス時代の思い出話は、何一つ聞いたことがなかった。

もしクレマンがハンス証券の同僚なら、ロンドン捜査当局が見逃すはずはない。打田もクレマンがハンス証券だとは言っていなかった。ハンス証券の関係者という線は薄いのかもしれない。

岸はクレマンがインサイダー事件の張本人であり、彼を捜し出して真実を明らかにするつもりだと良子に話した。

膝の上に置かれた手をぎゅっと握りしめながら、彼女はふっと顔を上げる。

「あの人は罪を犯すような人ではありません。私、知りたいんです。あの人に何があったのか。どうして警察に追われなければならなかったのか。私も孝雄もずっと日本におりましたのです。本当のことは何一つわかりません。岸さんしか頼る人がいないんです。どうかお願いです。真実を詳《つまび》らかにし、無実の罪を晴らしてください」

良子のやつれた頬に一筋の涙が伝った。


大宮駅への道すがら石田に連絡し、写真がシンガポールで撮られた可能性が高いことと、念のためハンス証券についても言及し調査を依頼した。

ＳＯＬに引き継がれた部門は別として、いまは存在しないハンス証券の関係資料を入手するのは、そう簡単なことではない。捜査の対象となった事案のため、シンガポール警察に情報があるのではないかと、岸は期待した。

デイビッドに確認しますと言った石田の声は、興奮ぎみだった。

「賀来さんにインサイダーの件、話しました。本間室長とやりあって大変だったんです。事実も調べないで辞めさせるなんて不条理だって。室長も岸さんのこと、すごく気にしています」

電話の向こうで誰かに呼ばれたのか、石田が少し待ってくださいと言った後、

「本間だ！　石田から聞いた。君が巻き込まれた事件についてあらためて事実関係を確認した。君は無実で、何ら事件とは関係のないことがわかった」

「室長、もういいんです。皆に迷惑をかけ、申し訳ありません」

「何を言ってる。謝るのはこっちの方だ。君は何も悪くない。必ず君を戻すから、もう少し辛抱してくれ」

「ありがとうございます。しかし——」

「うちも戦力が足りなくて困っているんだ。みんなも待っている。少し時間がかかるかもしれんが何とかする」

そう一方的に言って、電話が切れた。本間室長らしいぞんざいな対応に、岸は苦笑いを浮かべる。

犯人の後ろ姿はすぐ近くにあるような気がするが、自分にはどうすることもできない。復帰はおそらく無理だろう。仮にできたとしてもいつになるかわからない。情報を待つほかないだろうと岸は思っていた。

38

自宅に戻り、パソコンでハンス証券を検索した。

ハンス事件という見出しで何件かの記事がヒットしたが、簡単な内容のものだけで詳細はわからなかった。

　オランダに本社のあるハンス証券は、一八世紀末頃、フランスのハンス財閥が創業した名門企業である。銀行業が主体だったが、二〇〇〇年代初め頃からデリバティブ取引で徐々に業績を伸ばす中、シンガポール支店デリバティブ部門に所属する若手トレーダー、ポール・アレジが行った日経平均オプション取引で一五〇〇億円超の運用損失が生じ、倒産に追い込まれた。これを救済したのがＳＯＬだった。警察の捜査対象になったが、ポール・アレジは起訴を免れた。

　顔の画像が載っていた。茶褐色のくせ毛に青白い顔。特徴的なぎょろっとした目が神経質そうでもあり、怜悧《れいり》にも見える。

　その目に、岸は吸い込まれていくような感覚を抱く。どこかで見たことがある目だった。まさかとは思うが、間違いであってほしいと願う。すぐにバッグから写真を取り出す。

　胸の鼓動が高まっていく。

　写真を持つ手が、微妙に震えていた。

　二人を見比べる。

　間違いなかった。ポール・アレジとトニー・クレマンは同一人物である。

偽名を使っていたのだろう。打田はそれを捜査当局に黙っていたことになる。そうとしか考えられない。なぜ話さなかったのか。

しばらくの間、時間が止まり、魂が抜けたように力が入らなかった。息をしているのかもわからないほどの虚脱状態に陥っていた。

打田が嘘をついているとは思いたくなかった。だが現実は違っていた。見間違いかもしれないと何度も見直したが、結果は変わらない。この二人は同一人物である。それをどう考えればいいのか、答えが見つからなかった。

全身に重苦しさを感じながら、岸は携帯を手に取った。

石田にその旨を伝えると、彼はうなり声を上げる。

「偽名ですか！　もしそうであれば、足取りがつかめなかったのも頷けますね。至急、シンガポール警察にアレジの現状を確認してもらいます」

デイビッドに期待するしかなかった。あの写真に写った者たちがハンス証券の社員であれば、アレジの居所がわかるのも時間の問題だろう。情報を待つ以外に、捜査から外された自分にできることは何もない。複雑な思いを抱きつつ、石田との電話を切った岸は、大きく息を吐きだした。

気持ちの整理がつかないのは、打田のことが心の底で燻っているからである。彼がインサイダーに関わっているとは思えないが、彼を信じる気持ちが揺らいでいる。打田とアレジとの間には、特別な何かがあった。それは確かなことだろう。打田は嘘をつかざるを得なかった。彼にそうさせたのはいったい何だったのか。

打田は犯罪者ではない。何度もそう心に言い聞かせたが、虚しさが募るだけだった。気分を変えようと、岸は落合の自宅からアバンギャルドまで歩いた。

すでに日は沈み、寒風が枯葉を巻き上げている。ジャケットの襟を立て、早稲田通りを走る車の列を見る。連なるテールランプの赤い灯が、風の中に次々と消えていく。それぞれの思いを宿した光源が、岸の姿を照らすことなく、みな同じ場所に向かって流れているように見えた。

石田から連絡が入ったのは、準備中のアバンギャルドのカウンターで、亜紀に嫌な顔をされながらスコッチを飲んでいた時だった。

「ハンス証券の捜査資料を取り寄せました。アレジの年齢は現在三五歳。出身地はフランス、幼い時に父母と死に別れ、家族はありません。あの写真に写っている他の人たちの身元は現在調査中です」

「損失の原因はなんだったんだ？」

「欧州の債務危機と、ハンス証券内部のシステム障害が重なったアクシデントです。アレジが一時席を離れている時、欧州市場で株式相場が急落し、その際、自動売買システムのヘッジ取引が作動しなかったため、相当無理な買い建てポジションをとっていたことも重なって、損失が拡大したとのことです。生真面目で繊細なアレジは、これが原因で精神を病み、パニック障害と診断されています」

ＳＧＸビル一八階のトイレでの出来事は、パニック障害の発作だったのかもしれない。病院で治療を受けている可能性がある。時間はかかるかもしれないが、端緒はいずれ見つかるだろうと岸は考えていた。

石田との電話を切ると、ドアベルが鳴り、この店には珍しく四、五人の若い客が入ってきた。亜紀が忙しそうに立ち回っている。

『パピヨンのテーマ』が客の声で掻き消される中、岸は店を後にした。

39

アレジの行方はいまだつかめていなかった。

イギリスに入国したことまではわかったが、その後の足取りはぱったりと消えている。トニー・クレマンの名でも調べているが、仮に複数の偽名を使っていたとすれば、追跡は困難だろう。シンガポール内の医療機関にも情報はなかったようだ。写真に写っている者の割り出しも難航している。二人のハンス証券元社員が判明したが、アレジの居所に結びつく証言は皆無だったという。

石田の声に疲れが感じられるのは、海外の捜査当局との調整が思うようにいっていないからかもしれない。もうしばらく時間がかかるだろう。焦る気持ちを落ち着かせようと岸は必死だった。

このところアルコールの量が増え、薬に頼る毎日に戻りつつあった。アレジと打田の写ったあの写真を手に取っては、一人一人の顔を目に焼き付けるという日々が続いている。この中にアレジの消息を知る者がいてほしい。アレジと会い、打田との間に何があったのかを問い質したい。そう念じながらグラスを傾けるのだった。

すでに時計の針は夜一一時を回っていた。

ダイニングテーブルの下に転がっている新しいボトルに手を伸ばす。

アルコールであれば、銘柄には拘らない。スコッチ、バーボン、ウォッカ、買いだめしてあるものの中で手に触れたのが、ジャックダニエル。封を切ると、独特な香りが鼻孔に広がる。まだ嗅覚は衰えていないようだった。

ベッドにもたれ、グラスを傾けながら、またあの写真を見る。

ふと、左端の奥にいる女の顔に目が留まる。

他の者よりもカメラから遠いせいもあり、顔が小さく鮮明でない。だが、あの女に雰囲気が似ているような気がした。いままで気にしていなかったが、よく見ると、あの女かもしれない。

岸は名刺を探し出し、携帯を手に取った。石田はまだオフィスで仕事をしているようだった。

「ハンス証券の社員名簿の中に、エミリエンヌ・マグリットという人物がいるかどうか教えてほしいんだが？」

「ちょっと待ってください」と石田は戸惑いながら答え、パソコンの操作を始める。

「ええ、います。ワールド・マーケット・リサーチ社のシンガポール支社長ですよね。彼女がどうかしましたか？」

「写真の女に似ているような気がするんだ」

キーボードを叩く音が聞こえた後。

「彼女からの聞き取りは終わっていますが、アレジとの面識はないと言っています。シンガポールに再度写真の件を確認してもらいますが、岸さんの思い違いではないですか？」

「そうか。わかった。似ているだけかもしれない」

そう言いつつも、そう思えない何かが胸に残っていた岸は、倉木あずさから紹介されたヨハネス・デ・ボンにワールド・マーケット・リサーチ社についての情報を聞こうとメールした後、「この写真に写っているのはあなたではありませんか？」というメッセージとともに、写真の画像をエミリエンヌ・マグリットにメールした。

40

二日経っても返事はなかった。
シンガポール支社に電話をすると、エミリエンヌは本日付けでベルクールの本社に異動したという。転居の準備に忙しかったのかもしれない。あるいは、シンガポール警察から逃れるための異動なら、メールの返信はこの先も来ないだろう。
写真の女に似ているという感覚が、岸を焦らせていたのかもしれないが、もう一つ気になることがあった。アントワープ大聖堂。あのカリヨンの音。ベルクールは車で小一時間の場所にある。そこに何かがあるような気がしてならなかった
石田にせっつこうかとも考えたが、彼がベルクールまで足を運ぶとは思えない。国際間の調整には時間がかかる。それを待つほどの気持ちのゆとりを、岸は持ち合わせていなかった。

前衛的で流麗なシャルル・ド・ゴール空港ターミナルEのガラス張りの巨大な空間は、未だ漆黒の闇に覆われていた。岸はその爬虫類に似たオブジェの腹の中を歩き回り、やっと見つけたエール・フランスのラウンジに入る。

ヨハネス・デ・ボンからメールが届いていた。ワールド・マーケット・リサーチ社はベルクールの貴族、マグリット家が経営するＪＶＭという銀行の関係会社であるらしい。あの若さで支社長というのは一族だからなのだろうか。返信がないのは、写真の人物と同一人物だからではないのか。頭に浮かぶ様々な疑念を、岸は拭い去ることができなかった。バローの経営危機説に絡んで、ＪＶＭ銀行の名を挙げていたのが気になり、エミリエンヌとの関係、バロー買収の経過について教えてほしいとのメッセージを、エミリエンヌの写真画像とともにメールで返信した。

ＴＧＶでブリュッセル南駅まで行き、駅の待合室で二〇分ほど待ってベルギー国鉄に乗り換え、アントワープ中央駅へ向かう。

若い男女数人が途中駅で降りると、甲高いフランス語の騒々しい会話はなくなり、車内は静寂に包まれた。

窓外には、黄金色に輝く牧草地が地平線へと広がっている。その茫々とした平原と寒々とした鉛色の空に、岸の心は押しつぶされそうになった。あの時も同じ季節に訪れたのだろう。これと同じ景色を目にした覚えがある。すべてのものが流れ去り、そしてまた同じものが現れては消える光景。何もない。目に映るひとかたまりの雑木林でさえも、岸の目には幻のように思えた。

アントワープ中央駅に着いたのは正午少し前。ガラス屋根を通して降り注ぐ冬の陽光は、暖かさを感じるには頼りないものだった。

駅舎内のスタンドでサンドイッチを買い、レンタカーに乗り込む。

北へ五〇分ほど走ると、オランダ語でベルクールと書かれたグリーンの標識が目に入った。中心に円形の花壇を配した五叉路を右折した先がベルクール市街地である。

すれ違う車の数が増え、通りには歩く人の姿が見える。コートの襟を立て、ポケットに手を突っ込んだまま、背中を丸めて歩いている。色あせたレンガの壁や階段状破風の屋根、白く塗装をした家並みにはどれもあか抜けない生活感があった。

しばらくすると、次第に一戸建てが少なくなり、コンクリートの建物が目立ち始めた。世界の金融センターとは思えない質素な印象だが、ここが金融街なのだろう。いくつものBANKという看板と、コートを翻しながら歩くビジネスマンの姿がある。

公園を通り過ぎたところで道は右にカーブし、視界が開けた。目の前に大きな川があり、石畳が続いている。川の向こう側に建ち並ぶ建物の上から、大聖堂の尖塔の先が空に突き出ていた。

岸はその場所を確かめながら川を渡る。

景色が一変した。橋から繋がる大通り沿いに、中世の商館や貴族の邸宅と思われる堅牢な建築物が建ち並び、特徴的な破風を持つ半円形の窓や分厚いコーニスが、ここが特別な場所なのだと主張している。それらは冬の霞んだ空模様と調和し、厳粛な異空間を作っていた。この地区はベルクールの政治をつかさどる場所、まさに国家機関が集まっている場所なのである。

大通りをしばらく進む。左手前方に、レリーフで装飾されたアーチ型の柱が並ぶ館があった。軒蛇腹と半円複合アーチ型の装飾窓。まるで神殿を思わせるこの建築物は、周囲とは異なる華やかさと優美さを備えている。正面玄関の上部中央に『B』の印。そのすぐ下にバローの文字。

バロー銀行本店ビルを、岸は目に焼き付ける。

と、その右手の広場の奥から、巨大な建築物が忽然と現れた。

ベルクール大聖堂である。

それらはあたかも一対の造形物のように大通りを挟んで向かい合い、屹立している。圧巻だった。その崇高な様相に、岸は畏怖の念さえ覚えた。

41

ワールド・マーケット・リサーチ社の本社は、大聖堂の裏手、大通りから一本入った比較的ひっそりとした通りの一角に建つＪＶＭ銀行本店ビルの中にあった。

小ぶりな建物が寄り集まった旧市街に、この石造りの五階建て建築物は、不思議なほど同化していた。堅牢なだけで、装飾といえるものがない。バロー銀行本店ビルとは比べようのないほど慎ましやかだったのである。

車を止めて、岸は外に出た。ひんやりとした空気には、東京のそれとは違う奥深い寒さを感じる。コートを着てポケットに手を突っ込む。なにやら手に当たるものがあるが、気にはしなかった。昨冬から時間が止まっているのは、自分だけではない。

建物を一周してみた。ＡＴＭコーナーも顧客窓口も見当たらないのは、ＰＢが商業銀行とは異なるからだろう。出入り口に張り付いていた中年の守衛に、岸は警察庁の名刺を差し出し、エミリエンヌ・マグリットを呼び出した。

灰色の雲が街を覆い、陽の光の暖かさを遮っている。薄手のコートでは寒さをしのぐには物足りなかった。

手のひらに息を吹きかけながらしばらく待っていると、さきほどの守衛が戻ってきた。表情が硬い。面談は拒否されるだろうとは思っていた。

取り次ぎはできないとだけ繰り返す守衛は、在籍しているかどうかも答えない。ここにはいないと否定しなかったのは、おそらくこのビルの中に彼女がいるからだろう。この辺りで張り込んでいれば、きっと姿を現すに違いない。彼女を捕まえてあの写真を突きつければ、アレジのことを話してくれるかもしれない。そう思い、出入り口の見えるビルの陰に隠れた岸の背後で、唐突に鐘の音が鳴り響いた。

振り返る岸の目に、建物の間から大聖堂がわずかに見える。

清らかでもあり厳《おごそ》かでもある、複雑に重なり合う鐘の音。あれはベルクール大聖堂のカリヨンの音だったのだろうか。岸はふとそんな気がした。漠然とした期待が岸の胸を躍動させる。ここにアレジがいたのかもしれない。

写真を示しながら、岸は旧市街を歩き回った。犬を連れた若い女性、雑貨屋の店員、カフェでくつろぐ老女。誰もが訝《いぶか》しげに岸の顔を見つめるだけだったが、ようやく大聖堂に近い小さなカフェの店主から、貴重な目撃証言を得ることができた。写真の女はエミリエンヌ・マグリットであり、アレジと一緒にここによく来たという。

「それはいつ頃のことでしょう？」

生え際が後退した額に手をあてながら、店主は考え込む。

「一年ぐらい前かな」

「二人はどこにお住まいか、わかりますか？」

「いや、そこまでは知らないね」

「マグリット家の一族でしょうか？」

「マグリット？」

「この地の貴族です」

「ああ、そう言えば聞いたことあるね。でもあの人たちが一族かどうかはわからないよ。もし知りたければ、図書館に歴史研究家がいるから、行ってみればいい。あるいは……」

そう言って、店主は顎を突き出す。窓際の奥の席に、老人が一人、窓の外を眺めていた。長い白髪に喉仏まで届く顎鬚は、ホームレスとはいわないが、どことなく悪臭が漂ってきそうな風貌である。

自称歴史家は、目を細めながら写真に見入った。

「エミはマグリットの一族だよ。この男もエミと一緒にいるところを見たことがあるが、一族ではないと思う」

打田の顔には見覚えないと言いながら、老人は写真を岸に返した。

「マグリット家について詳しく教えてください」

顎鬚を指でゆっくりと撫でながら、老人は口元をほころばせる。話したくて仕方がないという感じだ。

「もう七〇年も前の話だが、いろいろと面倒なことになるかもしれないから、これから話すことは他言しない方がいいよ」

岸は頷くと、老人は少し身を乗り出した。

「大聖堂の中に、白い布に覆われた小さな祭壇があることを知っているかい？」

まだ中に入っていないと、岸は答える。

「それがマグリット家の祭壇だ。大聖堂に祀られることはこの国の人間にとって、この上ない名誉なんだ。だが、かつての勢いはなくなり、ベルクールでの存在感は薄れている。マグリット家に取って代わったのがバロー家だ。第二次大戦の時、マグリット家の顧客にユダヤ人が多かったことや一族の紋章がユダヤの六芒星に似ていたことを理由に、ユダヤ人を庇護していると一方的に決めつけ、ドイツ軍はマグリット家の一族の多くを処刑した」

アレジのペンダントが目に浮かぶ。老人の顔が不気味な表情に変わっていた。

「しかしそれは全くの事実無根だ。戦争で財を成したバロー家が、目の敵にしていたマグリット家を葬るためデマを流し、ドイツ軍に賄賂を贈って彼らを始末させたんだ。マグリット家が経営する多くの会社は倒産。中核だった銀行はバロー家が引き継ぎ、この国の政治、経済を手中に収めた。要するに、バローはマグリット銀行が欲しかったんだ」

個人的な恨みでもあるのか、いささか偏った見方のように岸には思えた。

「この国の歴史書に、そんなことが書かれているんですか？」

老人は目を細め、品定めするように岸を見つめる。

「私の父親はマグリット銀行の行員だったんだ。死ぬ間際までバローを恨み続けていたんだよ。だから私は真実を突き止めようと、当時の関係者にあたって話を聞いて回った。あの六芒星もいいがかりだし、あの絵だって」

そう言って老人は、大聖堂の方に顔を向けた。

「バローの祭壇に飾られている『マモンの追放』って知ってるかい？」

「いいえ」

「大聖堂の天井画や三連祭壇画と並び、この国の、いや世界的名画とされている絵だ。バローが著名画家リンブルフに描かせた作品なんだが、鳥の双頭を持った黒い悪魔――マモンは、マグリットを暗示していると言われている」

絵の話に興味がなかった岸は、何気なく窓の外に視線を泳がせた。お構いなしに老人は話し続ける。

「大天使ミカエルとの戦いに敗れ、地の底に封じ込められた悪魔はルシファー、別名サタンだ。しかしバローは、それを金銭に貪欲な悪魔、マモンに代えて描かせた。金融業のマグリットを追放したことをその絵に暗示し、それを大聖堂の祭壇に飾ることで自らの権力を誇示したかったんだ」

どうでもいい方向に話が流れ、岸は退屈で仕方なかったが、最後に老人は重要なことを教えてくれた。

「明後日、エミは礼拝に来るはずだよ」

42

陰鬱な空模様とは異なり、岸は期待を抱きながら、二日後の朝早く大聖堂に向かった。

すり減った取っ手を押して、木製ドアをゆっくりと開ける。

奥行きのある広い内部は、ゴシック調の外観とは趣が異なり、バロック様式の装飾が施されていた。

遠くの主祭壇に目をやると、その背後にある三連祭壇画が、眩《まぶ》しいほどに黄金色に輝いている。ドーム構造の天井に描かれた、今にも動き出しそうな男たちの肉体美、眼前に並ぶ会衆席や説教台、朗読台、ところどころに置かれた彫像や壁の装飾。それらが織りなす厳かな精神世界は、主祭壇に集約されているように感じられた。

柱頭部分にアカンサスが渦巻く大理石の柱を左に見て、岸は側廊に進む。

アーチ型の小柱が火炎様式に交差した通路の先に、埋め尽くされた蠟燭の灯で赤々と照らし出された小祭壇が見える。三、四人の人たちが視線を向けていた壁には、五メートル四方ほどもある大きな油絵があった。ここがバロー家の祭壇であり、この絵が『マモンの追放』なのだろう。

絵画の価値はともかく、この手の古めかしい宗教画に興味がなかった岸は、彼らの後ろから控えめに眺めながら、頭上に張り出した金色のパイプオルガンの下を通り、主祭壇の正面に出た。

三連祭壇画が目の中に飛び込む。中央には、真っ赤な衣服を纏ったイエスを中心に、祈りを捧げる人々の姿が、左翼には聖母マリアが、右翼には聖書を持った使徒が描かれている。

名画というよりも骨董品にしか思えなかった岸は、立ち止まることなく先を急いだ。人々の間を抜け、木製二階建て構造の説教台の横から、反対側の側廊に出た。

闇の中に舞う蛍のように、頼りなげに蠟燭が浮かんでいる。次第に目が慣れると、そこに小さな祭壇が置かれていることに気付いた。

白い布がかけられただけの簡易なもので、飾り付けもない。絢爛豪華な大聖堂にはなんとも不釣り合いに見える。自称歴史家の言葉を岸は思い出した。ここがマグリット家の祭壇に違いない。

しばらくその場で待っていたが、素通りする人たちだけで、それらしい人物は現れなかった。

岸は大聖堂の外に出て、広場に面した通りにあるカフェに入った。

明らかに見覚えのある一人の女が大聖堂に入ったのは、それからすぐのことだった。

43

大聖堂前広場のベンチに移動して一時間、岸は出口に現れたエミリエンヌの姿を捉えた。

髪型は変わっていたが、透き通るような白い肌と涼しげな風貌は以前と変わらない。グレーのコートを羽織り、少し俯き加減でゆっくりと岸の方に歩いてきた。

岸が歩み寄ると、エミリエンヌ・マグリットはすぐに岸に気づき、目を逸らす。通り過ぎようとする彼女の肩先に岸は言った。

「ポール・アレジのことについてお聞きしたいことがあります」

振り返った彼女の顔には、戸惑いの色が見える。

「お話を聞かせてください」

逡巡しているのか、何かを思い詰めているように立ち止まっている彼女に写真を差し出す。

彼女の視点が宙を彷徨っている。

「これはあなたですね。この街でアレジと一緒にいるのを見かけた人がいます」

感情を抑え込んでいるような顔つきに変わったのがわかった。その表情で、彼女は何かを隠しているのではないかと岸は感じた。

「失礼します。先を急がなければなりませんので」

突如現れた年配の女が、二人の間に割って入り、エミリエンヌの背中を強く押した。

エミリエンヌは俯きながら歩き出す。

「待ってください！　私はアレジを捜しています。今彼がどこにいるのか教えてください」

ダークスーツの男が目の前に現れ、立ちはだかる。岸の声は届かず、街の色に溶け込むようにエミリエンヌの姿は消えていった。

エミリエンヌにこれからどう近づけばいいのか、ホテルで考えを整理していた時、ヨハネスからメールが届いた。何かのきっかけになるかもしれないと期待しながら、岸はメールを開く。

〈バローの売却話については、僕も確かな情報を得ているわけではないんだ。経営統合とか合併とか、経営に近い重要案件はバローの経営陣が直接やっていることだから、その経過について、僕たちにはほとんど情報が入ってこない。当然、交渉相手の企業の担当者とも直接やりとりはしない。だから、この写真に写っている女性がＪＶＭ銀行の行員だったとしても、僕にはわからないが、何度か来行したＪＶＭ銀行の担当者の中に、彼女に似ている女性がいたようにも思う。財務資料の説明で駆り出された際に目にしただけだし、名刺交換もしていないから確かなことは言えないけどね。

僕も気になっていたから、以前いた部署の同僚たちから最近の状況を逐次聞いているよ。それによれば、ＪＶＭ銀行が最有力候補らしい。どのような条件かはわからないので、行員たちは不安に思っているようだけど、なによりも疑問なのは、業界ではすでに忘れ去られた存在の、いわば弱小銀行であるＪＶＭ銀行が、なぜバローほどの規模の会社の取引相手になったのかだ。僕だけじゃなく、バローの同僚たちもみんなそう思っている。何か裏があるかもしれないとね。いずれにしろ、バローに口座を開設するのはもうしばらく待った方がよさそうだよ〉

メールを読み終わった直後、携帯が着信を告げた。石田の声はいつになく高揚していた。

「岸さん、今どこにいるんですか？　呼び出し音が国内のものではないようでしたが」

「ベルクールにいる」

「え！　エミリエンヌに会いに行ったんですか？」

「ああ、だが何も話してくれなかった」

「そうでしたか。実は今ロンドンに来ていまして、さきほど捜査当局から、アレジがあの爆破で死亡していたことを聞きました。アレジの遺品を引き取ったのはエミリエンヌ・マグリットです。彼とは親しい間柄だったのだと思います」

刹那、金縛りにあったかのように全身が硬直した。

あのビル爆破で、打田とアレジがともに死亡していたことをどう考えればいいのか。様々な思いが入り乱れ、思考が断ち切られる。

「バローの側近が一人、爆破の犠牲になっていますが、ジョゼフ・バローもあの時、現場付近の車の中にいたこともわかりました。車の運転手の目撃証言によると、爆破直前、ビル前で白人の男と東洋人の男が言い争っていたとのことです。断定はできませんが……」

重い塊が胃の中に沈み込むような感覚が、岸を襲った。

椅子に倒れこむように腰を埋《うず》め、電話を切る。

すべてが闇の中に消えていくのと同時に、考えたくもない情景が頭の中を巡っている。

アレジは打田の近くにいた。そして二人とも爆破の犠牲になった。あの時、打田はアレジと会っていたのかもしれない。

インサイダー疑惑の渦中にいた二人である。何者かが意図的に二人を接触させ、抹殺したのではないかと考えるのは、捜査当局でなくても容易《たやす》いことだろう。

全身にけだるさを感じ、岸はベッドに横たわった。

石造りの家の壁が窓から見えている。その家並みの間から鼠色の空が覗いていた。陽の光は消えかかっている。薄暗い部屋の天井を見上げながら、岸はふと思った。

——俺と別れたあと、打田はアレジに会っていたのか。

ビル前で打田と言葉を交わした直後、あそこにアレジが現れたのだろう。あの場所にいたのはアレジと落ち合う約束があったからだ。だから打田はコートも着ずに突っ立っていた。

押し寄せる不快感に圧迫され、思わずミニバーの中のウイスキーボトルの栓を開けた。冷蔵庫のアルコール類がなくなった後は、ルームサービスでウイスキーを注文し、部屋から一歩も出ずに、あの時の悪夢を引きずりながら長い夜を過ごした。

翌日は早朝に起き、朝食も取らずにフロントに向かった。この場から立ち去りたいという強い衝動に駆られたからだった。遠く離れた場所に行き、すべての過去を消し去りたい。岸はそう思ったのである。

フロントに行った時、カウンターの脇に置かれたビラが目に留まる。何かが目の裏に映りこむ。

「大聖堂で催される祭事の日程です。お時間があればどうぞ」

年配のホテルマンがそのビラを差し出した。

無意識にそれを受け取り、エントランスに向かう。

またビラを見る。見覚えがあった。あの爆破の光景が再び岸を襲い、胸を重くする。

ある映像がにわかに脳裏に浮かんだ。

――あの時何かを受け取った。あれはいったい何だったのか。

ビル前で打田に声をかけた時、バイクメッセンジャーが現れ、打田に紙きれを渡した。

どうでもいいことだと思いつつも、どうしてもそれが頭から離れない。岸はあの時の記憶を手繰り寄せた。

打田はちらっとそれを見ると、それを岸に押しつけるように差し出した。

自分はそれをどうしたのか。

記憶を呼び戻そうと、岸はコートのポケットの中に手を突っ込む。

それはあの時のまま、そこにあった。取り出してそれを広げる。

カウンターにあるビラと内容が違うだけで、形状は全く同じものだった。いちばん上にマークのように描かれた教会の全景。ベルクール大聖堂の絵柄だ。

あの時打田は、いらないから捨ててくれとでも言いたげにこれを差し出した。

それだけは覚えているが、彼との会話が思い出せない。彼は何と言ったのか。

それを無意識にコートのポケットに押し込んで、岸はその場を立ち去った。

なぜこれがあの時……そう思いながら裏返すと、そこには読み取ることができないほど歪んだ文字が走り書きされていた。

岸はそれをじっと見つめる。ある推論のもとで見つめ直すと、異常なほど切迫したメッセージが読み取れた。

『GET AWAY（逃げろ）』

岸の頭は混乱した。あの時、誰かがこれを打田に渡そうとメッセンジャーに託したのだろうか。爆破から救おうとしたというのだろうか。そんなことがあり得るのか。

しかしもしそうだとしたら、誰がそんなことをしたのか。アレジなのか。だが彼はその直後、あの場所に現れた。近くにいたのなら、わざわざバイクメッセンジャーにこれを託す必要がない。

アントワープ中央駅からパリに行き、ユーロスターでロンドンに急いだ。

車中、ロンドン所在のバイクメッセンジャーの会社をリストアップし、メールで接触を図り、めぼしい先を洗い出す。

ロンドンでの滞在期間が三日間ですんだのは、石田の助けがあったからでもあるが、あの日、あの時、あんな至近距離からメッセージを依頼することが異例だったからだろう。若い男のメッセンジャーは、依頼主のことをよく覚えていた。

なぜあの場所にエミリエンヌがいたのか。それを彼女に問わなければならない。そのためには、どうしても彼女と話す必要があった。

44

すべてが足止めをくらっているかのように、ここのところずっと空の色がくすんだままだったが、ビラのことをエミリエンヌにメールした次の日、彼女から返信があった。

期待と不安の入り混じった感情を抱きつつ、大聖堂の見えるカフェに向かう。

窓際の席から彼女の姿が見えたのは、約束の時刻から五分経った時だった。

チャコールグレーのカシミアのコートの下は、黒のスーツを纏っていた。薄い陽光を受け、白い肌が少し青味がかって見える。やつれた顔が彼女の心の内を表しているようだった。

「今日はアレジの命日ですね。私もこの日を忘れることができません」

彼女は頷き、小さな吐息をついた。

彼女の胸元には、アレジと同じデザインのペンダントが光っている。大聖堂の祭壇に祈りを捧げてきたのだろう。悲しみの色が彼女の瞳に宿っていた。

「先日は失礼しました。仕事に追われている身では、なかなか自由な時間が持てないものですから」

仕事の忙しさだけが理由でないことは、アレジとの面識はないとシンガポール警察に嘘をついたことからもわかる。何かを隠したかった。だから自分との接触を避けていた。しかしビラの存在が発覚した以上、会わざるを得ないと考えたのだろう。彼女の本音を見極めなければならないと、岸は身構える。

「アレジとの関係について話していただけますか？」

彼女は躊躇うことなく、はっきりとした口調で答えた。

「アレジとはハンス証券で知り合い、将来を約束した仲でした」

「打田とは？」

「アレジの紹介で、何度かお会いしたことがあります。二人はハンス証券の同僚の中でも、特に気のあった仲だったのでしょう。物静かで内気なアレジと外交的で屈託のないウチダさんは、仕事でもプライベートでも自分にないものを補い合っていたように見えました」

「ハンス証券の損失事件の後も、二人との付き合いがあったんですね」

「ええ、私は父親が経営するＪＶＭ銀行に移り、ベルクールに。アレジとウチダさんもそれぞれの道に進みましたが、アレジは休暇が取れればベルクールに来ていましたし、ウチダさんとも連絡を取り合っていました」

「トニー・クレマンという名をご存知ですか？」

彼女は小さく頷いた。

「その名を使って、アレジが打田に接触していたことも？」

「はい」

「アレジがインサイダー取引の嫌疑をかけられていたことも知っているんですね？」

「警察に追われていることは知っていました」

「では、カトリーナ社のことは?」

「アレジがかかわっていたことは知っています」

「我々は、アレジがカトリーナファンドの詐欺行為に関与しているのではないかと考えています。そしてさらに、SOLビル爆破にも関わっていたかもしれない」

岸はビラを取り出し、それを裏返すと彼女の前に置いた。

『GET AWAY』の文字を一瞥《いちべつ》すると、エミリエンヌは目を伏せる。

「私はロンドンに行ってバイクメッセンジャーをしらみつぶしにあたりました。このビラを届けたメッセンジャーは、あの日、ビルから少し離れた場所に止めた車から、このメッセージを頼んだあなたのことをよく覚えていました。なぜあなたがあの場所にいたのか教えてください」

彼女はゆっくりと息を吐き出し、テーブルに視線を落とす。その風貌から、重く暗い影が浮かんでいた。

「ウチダさんには大変申し訳ないことをしてしまいました。ウチダさんを死に至らしめた責任は私にあります。あの凄惨な現場に居合わせたあなたにだけは打ち明けなければならないとずっと思い悩んでいましたが、アレジの犯罪が明るみに出ることに躊躇《ためら》いを感じ、前に進めないまま機会を逸してしまいました」

「打田の死とあなたに、どんな関係があるというのですか？」

「私があの場所にいたのは、ウチダさんと同様、アレジを止めるためでした」

「止めるため？　まさか、彼がビルを爆破したんですか？」

彼女は頷く。

「なぜです？」

「ジョゼフ・バローを殺害するためです」

息を呑んだ。

「理由は何です？　なぜバローを」

「アレジはバローを憎んでいました。彼の父親の経営する会社がバローに乗っ取られ、それがもとで父親が非業の死を遂げたことが彼の心の中にずっとあったのだと思います。ハンス証券で損失事件を起こし、自暴自棄になっていたことも影響していたかもしれません。でなければ、バローの関連する運用会社には転職しなかったでしょう。シラカワに誘われたのがきっかけでしたが、当初はその会社がバロー銀行系列だとは知らなかったのです」

「在日駐在員事務所の白川のことですか？」

「そうです。彼もハンス証券の社員でした。ウチダさんも知っていたはずです。アレジはかなり精神的に混乱し、正常な判断ができない状態が続いていたので、どんな会社かも知らずに移ったのです。でもそこがバローのファンドだとわかり、しかも金融犯罪を強要されたことで、彼の生きる目的が明確になったのだと思います」

岸は大きく息を吸い込んだ。が、動揺を抑えることができなかった。

「金融犯罪とはいったい何のことですか？」

「インサイダー事件も、あなた方の追っている一〇〇〇億円のセプタムロ座事件もバローがやったことです。業績が悪化して資金不足に陥っていたバローは、アレジを利用し、カトリーナを操って、カネを騙し取っていたのです」

かっと目を見開き、エミリエンヌを睨みつけた。

「バローがやっていた？　アレジがバローを殺そうと企てた？　それなら打田はバローの代わりに死んだというのか？　アレジの個人的な復讐の犠牲になったというんですか？　冗談じゃない！　アレジがバローを憎むのは勝手だ。殺したいなら殺せばいい。親の仇を討ちたいなら思う存分やればいい。だが、そんなつまらないことのために、なぜ打田が犠牲にならなければならないんだ！」

「アレジは、セプタムロ座の担保設定を解除し、資金を凍結させることでバローの息の根を止めようと企ててはいましたが、当初、殺害までは考えていませんでした」

「だったら、なぜ爆破したんだ？」

「バローはアレジの素性がばれる前にウチダさんを消そうとしたのです。それを知ったアレジは、ウチダさんが殺《や》られる前にバローの殺害を計画しました」

岸は拳を握りしめた。

「打田はインサイダーに加担していたというのか？」

彼女はゆっくりと頷く。受け入れたくない答えだった。

「打田はそんなことをする男じゃない。何の証拠があるっていうんだ！」

「二人には辛い過去があったんです。ハンス証券のオプション損失が発生した夜、アレジはウチダさんに誘われ、賭けポーカーに興じていました。負けが込み、酔いが回っていたウチダさんは、アレジを業務に返そうとしなかったそうです。市場の急変とシステム障害はアクシデントですが、彼が席を離れていなければハンス証券は倒産せずに済みました」

「そんな事実は警察の調書にはなかった」

「アレジはその事実を隠していました。ウチダさんは責任を強く感じていましたし、誘いに乗ったアレジにも非があります。だから警察の事情聴取の際には口をつぐんでいたのです」

「アレジは打田の弱みを利用した。恨みを晴らすために友人を陥れ、あげくには死に至らしめた。くそっ！　なんてことだ――」

「あの事件が起きなければ私たちは結ばれていたでしょう。二人にとっては悔やんでも悔やみきれない出来事です。でも、アレジの心の空白をウチダさんのせいにはできませんし、もちろんウチダさんを憎んではいません。すべてを失ったアレジの向かった先が、バローへの復讐だったのです。彼は組織から信頼を得なければなりませんでしたから、一から出直すため改名したと偽り、ウチダさんに近づきました。ウチダさんからインサイダー情報を得ようとしたのです」

胸が締め付けられ、胃が痛み出した。

ギャンブル依存症ともいえる病的なのめり込みようは、重圧から逃れようと必死だったからかもしれない。それでも打田は何かを追い求めていた。奴らを信用していた。ウジ虫どもの心を摑み取ろうと、絶望の淵でもがき苦しんでいた。

「アレジは無職だと偽っていました。彼の生活苦は自分の責任だとウチダさんは感じていたのでしょう。彼のためなら罪を犯しても仕方がないと考えていたのかもしれません」

「なぜ打田が死ななければならない？　ジョゼフ・バローは生きている。なぜ、アレジは爆死したんだ？」

あの時の光景を思い出しているかのように目を閉じた後、しばらくして彼女の口が開いた。

「アレジは昨年一二月に入るとロンドンに向かいました。ジョゼフ・バローの会議出席の日に、何か大がかりな計画を企てていることを電話のやり取りで知った私は、アレジを何度も説得しましたが、彼は聞き入れてくれませんでした。それで私は、ウチダさんにすべてを話し、アレジを止めてほしいとお願いしたのです」

奥歯を嚙みしめ、拳をテーブルに叩きつけたくなる感情をぐっと堪えた。

彼女は次第に険しい顔つきに変わった。

「あの日、アレジを探し求めていた私がやっと目にしたのは、ビルの近くに止めた車の中でジョゼフ・バローが現れるのをじっと待っているアレジの姿でした。エントランスに入った瞬間を狙って、仕掛けた爆弾を起爆させようとしていたのです。ビル前にウチダさんの姿が見えたのは、私が説得を始めてすぐのことでした。ウチダさんはアレジがあの場所に必ず来ると考え、彼を止めるためにビル前で待っていたんです。ウチダさんの表情には確固たる信念がにじみ出ているように見えました」

彼女の声が震えている。岸の目に、ビル前に立つ打田の姿がはっきりと浮かんでいた。

「アレジに発作が起きたのは、私と言い争いになった時です。突然呼吸困難に陥り、手足が震え苦しみ出しました。どうしていいかわからず、ただ時間だけが刻一刻と過ぎていく中、このままではウチダさんが危ないと思った私は、とっさに持っていた紙にメッセージを書き、ちょうど窓の外に見えたバイクメッセンジャーにそれを渡すように頼みました。でも、ウチダさんはその紙をあなたに渡してしまった」

忘れていた打田の最期の言葉が岸の耳に蘇り、何とも言えない悔しさが体を震わせた。
あの時、打田はこのメッセージを目にすると、思い詰めたようにきりっと口を結び、ビラを気にしていた岸にこれを押し付け、岸の背中を強く押しながら、立ち去るように促した。

――早く行け。さあ、行くんだ。

――どうしたんだ急に。

――とにかく行け。約束の時間に遅れるぞ。さあ、走れ。走るんだ！

エントランス階段を下り切ったところで振り返ると、打田は口元に笑みを浮かべながら岸を見下ろしていた。

――すまんな、岸。許してくれ。お前をこんな世界に引きずり込んだ責任は俺にある。だが俺はまだ諦めたわけじゃない。この世界にも信じられるものがあると思っている。

打田の言葉が耳に反響している。
信じられるものとはいったいなんだ。そんなものがあの世界にあるわけがない。お前の追い求めているものは幻に過ぎないんだ。そんなつまらないもののために、お前は死を選んだというのか。打田の魂に向かって語りかけた岸の胸に、息苦しいほどの虚しさが募っていた。

「ジョゼフ・バローを乗せた車が大通りの向こうに見えたのはその直後のことです。身体を震わせながら車から飛び出したアレジは、ウチダさんをその場所から引き離そうとしていましたが、車がビル前に到着してしまい、不審に気づいたバローの側近と揉みあいになりました。その拍子に、起爆装置が作動してしまったのです」

そしてジョゼフ・バローは助かり、アレジと打田は死んだ。

岸の胸が張り裂けそうなほど痛み出した。

白人の男と東洋人の男の言い争い、バロー側近の死、爆破現場近くの車中にいたジョゼフバローの存在。すべて石田から聞いた事実と符合した。アレジの罪を認め、自らの責任にも言及した彼女の表情には、心痛の色があふれているものの、偽りの仮面を被っているようには見えない。彼女の言っていることは真実なのだと岸は悟った。打田は罪を犯していた。信じているものに裏切られ、それでも信じようと必死に手を差し伸べながら、暗い闇の中へ身を投じたのだ。

「私がアレジを説得できれば、あるいはウチダさんにアレジのことを打ち明けなければ、こんなことにはならなかったのです。警察にこの事実を明かすことはできませんが、あなたにだけは伝えなければならないと、ずっと思い悩んでいました」

テーブルに視線を落としたエミリエンヌを見て、岸は彼女の内面に触れたような気がした。

がしかし、このまま終わることはできないと、岸は考えていた。

「すでにアレジの素性は判明している。アレジを庇っても意味がない。警察に告発すべきだ。打田が犯罪者であったことは残念だが、あいつを陥れたのはバローだ。バローの犯罪を世に知らしめ、彼らに制裁を加えなければ、打田の死もアレジの死も無駄になる」

「申し訳ありませんが、それはできません」

「なぜです？　アレジを擁護したいのはわかるが、すでに警察が動いている。時間の問題だ。背後にあるバローの犯罪を暴かなければ、アレジが一人で罪をかぶってしまうことになる」

「仕方のないことだと思っています」

彼女はそう言うと、辛そうな表情をしながら、また視線を下げた。

シンガポールで会った時の彼女は、バローへの痛烈な批判を口にしていた。警察関係者である岸に、バローを告発しているかのようだった。そして今も、アレジへの思いを語る彼女の表情には、バローへの憎しみが表れていると岸は感じている。真実を語れるのは彼女だけだ。彼女が語らなければバローは罰せられない。なぜ逡巡しているのか。何か理由があるのではないか。そう感じた岸は、ヨハネスからのメールの内容を思い出した。

――ＪＶＭ銀行が最有力候補。

エミリエンヌはＪＶＭ銀行の経営者の娘である。おそらくＪＶＭの経営幹部もバローの犯罪を知っているに違いない。それと関係があるのかもしれない。

「バローの経営危機説が囁かれ、ＪＶＭ銀行が動いていると聞いている。アレジとの関係が明るみに出れば、バローとの取引に影響する可能性がある。だから警察には話せない、ということですか？」

彼女はふっと小さく息を吐いた。

「もうご存知だったのですね。私たちはバローと交渉を重ねてきました。バロー銀行は近々廃業し、私たちの銀行が営業を引き継ぎます。経営幹部からは、アレジの一件は他言しないようにと釘を刺されていました。あなたへの告白は私の一存で決めたことです。どうか、今日お話ししたことは、あなたの胸の内にしまっておいてください」

「打田はどうなるんだ？　真実を闇に葬れば、あいつは報われないまま終わってしまうことになるんだ。それでいいっていうのか？　あなたが告発しない理由が俺にはまったくわからない。バローの営業を譲り受けるだけであれば、たとえバローの犯罪が明るみに出たとしても、ＪＶＭの経営とは関係がないはずだ。なぜそこまで頑なに拒否するんだ？」

エミリエンヌは顔を背けるように窓外に視線を流す。その仕草を見て、岸はあることに気づく。

アレジを利用していたのではないか。あってはならないことだが、考えられなくもない。

買収を成功させるためには手段を選ばない、薄汚れた金融の世界に生きる者たちのやり方は、岸もよくわかっている。犯行の事実をほのめかし、バローをやり込め、交渉を有利にもっていく。そして口外しないことを条件に取引を成立させた。だから、弱小銀行が大手と取引できたのではないか。

「考えたくもないことだが、あなた方はアレジと通じていた、ということですか？」

エミリエンヌの表情が微妙に変化した。岸はそれを見逃さなかった。

「すみません。私はこれで失礼します」

立ち上がろうとするエミリエンヌの腕をがっと摑む。一瞬、気圧されたように彼女の目が大きく見開かれた。

「そうなんだな？　バローの内部情報を得るために、アレジと内通していた。打田も買収交渉の道具に使われただけの惨めな男だった。すべてが有利に買収するために仕組まれた猿芝居だったのなら、打田もさぞ無念だったろう。

だが、もしそうであったとしても、あなたが俺に話してくれたことは真実であると俺は思っている。打田の死に責任を感じていると言ったあなたの言葉は俺の胸に届いた。あなたは真相を語ってくれた。それはおそらく、あなたの心の中に、このままではいけないという気持ちがあるからだ。あなたも俺が考えているのと同じように、バローを罰すべきだと思っている。でなければ、今あなたはここにいない」

　言葉を呑み込むように、エミリエンヌは口元を引き締めた。彼女の心が揺れているのだと岸は感じた。

「あなたは、一〇〇〇億円のセプタム事件がバローの犯行であることを知っていた。アレジからカトリーナの詐欺の手口を聞いていたはずだ。交渉を有利に進めるために、何らかの犯罪の証拠を摑んでいたかもしれない。あなたの口から告発できないのなら、犯罪を証明する何かがほしい。何でもいい。彼らを追い詰めることのできる何かを教えてほしい。ＪＶＭ銀行の名も、アレジが犯罪者であることをあなたが知っていたことも、俺は誰にも言わないと約束する。

　だがもしあなたが口を閉ざし続けるなら、俺はこのビラを警察に渡し、今あなたから聞いた爆破直前に起きた事実だけでなく、その裏側で起こっていたであろうあなた方とバローとの買収交渉について、俺が考えていることすべてを打ち明けざるを得ない。警察がどこまで信用してくれるかはわからないが、少なくともあなた方への不要な憶測が生まれることは確実だ。真実がねじ曲げられ、マスコミはベルクールの貴族の争いを面白おかしく書き立てる。買収は失敗に終わるかもしれない。ＪＶＭ銀行の復活は水泡に帰すことになる。そんなことを、あなたが望んでいるはずがない。俺だってそんな卑怯な真似はしたくない。それが打田のためになるとは思えないからだ。アレジのことを本当に思っているなら、打田の死に責任を感じているなら、真実を公表し、バローを罰すべきだ。それができないというのなら、真実など何の役にも立たない」

彼女の肩から力が抜けていくのがわかった。岸にゆっくりと顔を向け、思いつめた表情で色の失せた唇を震わせる。

「あなたの言う通りです。アレジを追い込んだのはこの私です。上からの指示があったとはいえ、私に拒む勇気があれば、あんなことにならなかったかもしれません。あれだけ忌み嫌っていたバローの関連会社に転職するとは思ってもいませんでしたが、それを止めようともせず、逆にバローに対する憎悪を掻き立ててしまったのは、私の中にマグリット一族の血が脈々と受け継がれているからだと思います。買収交渉で有利な条件を引き出すため、アレジを焚きつけ、バローの内部情報を盗み出させたのも事実です。結果として、ウチダさんを死に至らしめることになってしまいました。私はこれから一生をかけてその罪を背負って生きていかなければならない。それが私の定めだと思っています。

ＳＯＬビル爆破事件の後、自らの行為を悔い、深い悲しみの中、辛い過去を必死に忘れようと努めましたが、そう簡単に忘れられるものではありません。地獄の底を這いずり回っているような日々でした。これから先も過去と決別することができないのなら、過去を受け入れるしかない。そう思い至ったのは、大聖堂の祭壇に祈りを捧げている時です。アレジは今も私の心の中で、私に語りかけ、微笑みかけてくれます。これからもアレジの魂とともに生きていく。私はそう神に誓いました。マグリット家の一族として、ＪＶＭを支えなければならない立場にあることも、私を前向きにさせたのだと思います。過去を受け入れなければ、一族もＪＶＭの将来も見えてこないと思ったのです。ビル爆破事件の後、シンガポール支社に赴任させてもらったのも、あの街で起こった過去の出来事と向き合いたかったからでした。ポール・アレジと出会ったのも、彼があの事件を引き起こし、自らの生を追い求めるきっかけを作ったのもあの街です。そこであなたと再会したのは宿命だったように思います。

あなたとシンガポールで会った時、あなたの顔に悩み抜いた跡が見えたのを覚えています。やつれた頬や、艶が薄れた肌が印象的でした。この人も私と同じなんだと感じ、あなたの苦悩を知りました。心の底に押し込んでいたものがはち切れそうな勢いで動き始めたのは、まさにあの時からです。あなたやウチダさんのご家族の心情を推し量り、真実を告白して、バローの罪を白日の下に晒すべきではないか。でも重要な時期に差し掛かっているＪＶＭの買収交渉に悪影響があるのではないか。そんなことが、繰り返し頭の中を巡っては心が乱れ、決断ができないまま、真実は私の心の中にあるだけで充分だと、自分に言い聞かせてきました。でも、今あなたに言われ、決心がつきました。アレジとウチダさんの死を無駄にはできません」

エミリエンヌは立ち上がり、カフェを出ると大聖堂に向かった。岸は彼女の後を追った。

大聖堂の中の彼女の一族を祀る小さな祭壇の前に進むと、蠟燭に火を灯して供え、彼女は台座の扉を開けた。そこから袋を取り上げ、中から書類の束を取り出し、岸に差し出す。

それを受け取り、岸は蠟燭にかざして内容を見る。

ジャガーファンドとミックファンドの投資契約書だった。

カトリーナ社にあった契約書を思い浮かべた岸はあることに気づき、我を忘れて内容を確認する。

それらは、ジャガーとの貸付け契約とミックとの出資契約、香取が持っていた契約書とは逆の投資形態だったのである。

「これはいったい?」

「本来なら、バローに引き渡した後、破棄されるべきものでした」

「それがなぜここにあるんですか?」

「バローは、精巧に印刷された偽造品を何ら疑いもせず受け取りました。すぐにでも裁断したかったのでしょう。アレジが亡くなった後、投資契約書を預かった私の判断でやったことです。JVMの幹部にも、このことは知らせていません。あなたが言うように、本心ではバローを罰したいと思っていました。すべての元凶はバローにあります。これをあなたに託します。バローを告発してください」

投資契約書の表紙余白には、兜町公証役場で昨年八月二四日に押された確定日付があった。

45

岸が持ち帰った投資契約書が決め手となり、捜査は進展した。

八月二四日に虎ノ門公証役場で確定日付の押された投資契約書——香取が持っていたもの——と照合した結果、『貸付け』と『出資』が逆になっていること以外、他の内容は一言一句一致。運用開始前に二種類の契約書を作っておいて、ファンド損益の状況に合わせて、一方を正本とし、他方を破棄しようとしたことが明らかになった。

カトリーナ社にとって確定日付が完全犯罪を成立させる決定的な証拠になるはずだったが、皮肉にもそれが命取りになったことになる。

判明した具体的な手口はこうだ。

ジャガーを『出資契約』、ミックを『貸付け契約』とする投資契約書を一対とし、出資と貸付けを逆にした、ジャガーを『貸付け契約』、ミックを『出資契約』とする投資契約書をもう一対とする合計四通の契約書を作り、すべての契約書にサインをして、前者の一対を虎ノ門公証役場に、後者の一対を兜町公証役場に八月二四日に持参し、確定日付を押してもらう。

その後、九月一日に運用を開始。

ファンドでの運用内容は、ミックの証券口座の開示により調査が進展し、その全容が明らかとなった。それによれば、ジャガーでは買い建て、ミックでは売り建てというまったく正反対の売買取引を行い、一二月のインドショックでジャガーに損失、ミックに利益が発生した時点で同時に運用をクローズし、ミックに生じた運用利益を、投資家への利益分配と見せかけて横領したのである。

ジャガーを『出資契約』、ミックを『貸付け契約』とする投資契約書を会社保存としたが、破棄されるはずだったジャガーの『貸付け契約』、ミックの『出資契約』の投資契約書一対が、エミリエンヌのもとに残されていたのである。

その後、バロー銀行とカトリーナ社の強制捜査を断行し、新たな横領が芋づる式に発覚した。カトリーナ28号ファンドに投資していたのも、カトリーナ社の資金を使って設立したダミーファンドであり、さらにカトリーナ28号と全く同じスキームで、欧米やアジア市場において莫大な資金を騙し取っていた。その額、しめて一〇〇〇億円。銀行送金履歴を追跡したところ、ダミーファンドをいくつか転々とした後、セプタム口座の一〇〇〇億円に行き着いた。

問題はセプタム口座の実質所有者は誰か、であった。口座開設時の登録状況を調べても、表口座、つまり正式な口座名義人が判明しなかったのだ。そこで、バローの口座管理システムの解析を重ね、ようやくその口座名義人を突き止めた。名称は『BB』。バローの頭文字を意味する自行管理口座である。バロー銀行がセプタム口座の実質所有者だったことがこれで証明された。

インサイダー事件の関与も含め、ロンドン当局はジョゼフ・バローの調査に乗り出した。リーダー格は白川、実行犯としてアレジを中心に香取以下五名の名が挙がっている。カトリーナ社はバローの支配下に置かれ、香取は横領のために送りこまれたバローの関係者であった。

荒川沿いの工事現場で警備員をしていたところを確保された新橋通商の飯田は、名前を使われただけで事件には関わっていないことがわかった。岸への暴行を認めた白川の手下は、赤沢の殺害をもほのめかしているという。

横領したファンド資金が、バロー銀行グループの投資信託の運用資金だったことには、捜査関係者の誰もが驚いた。ここ数年、バロー銀行は自行預金者に対して、投資信託の購入を積極的に勧めていた。運用残高はいまや一〇兆円規模になっている。その顧客資金に手をつけたのだ。

アレジの行動をどう考えるか、BPTでは様々な意見が出されたようだったが、ビル爆破事件への関与は不明。組織に対する裏切り行為と一〇〇〇億円の詐取で固まりつつある。

アレジはこの横領の計画と実行を任され、バロー銀行のシステム内に入り込める権限を与えられていた。ダミーファンドを介在させた送金手続きも彼が自ら行っていたものと見られている。赤沢が受け取ったクレジットカードの担保解除は、アレジが企てた一〇〇〇億円詐取のための一連の手続きの一つである考えてもおかしくない。なにより、投資契約書を隠し持っていたのは、仲間への強請《ゆす》りのためである。その途上でアレジはビル爆破に遭遇し、死亡したと結論付けたのだった。

岸がこの事件の裏に隠された事実を石田に明かさなかったのは、他言しないことがエミリエンヌとの約束だったからだが、それだけの理由ではなかったように思える。

打田の死に直面した岸にだけは真実を伝えたいという彼女の強い思いが、岸の心に通じた。バロー銀行が廃業し、名もないＪＶＭ銀行が営業を引き継ぐという重大ニュースが世界中を駆け巡っている中、マグリット家の風評を慮《おもんぱか》るエミリエンヌの気持ちが、岸にはよくわかった。打田の罪を今さら暴く気にもなれなかった。何よりも、彼らのやったことを批判する資格は自分にはない。岸はそう悟ったのである。

エミリエンヌたちがあの投資契約書をM&A交渉の道具として使っていたことも、アレジに対して情報漏洩するように働きかけていたことも、有利な条件で営業を譲り受けるために必要だったのだろう。

自らの過去の過ちを突きつけられたようだった。それらはすべて、これまでの自分の行為の写し絵のようなものなのだと、岸は自らを卑下した。せめてもの救いは、エミリエンヌのアレジに対する愛情が、真実だと実感できたことだったように思う。

打田は犯罪者だった。理由はどうあれ、それを重く受け止めなければならない。彼の死に意義を見出すことができるかどうかはわからないが、少なくとも岸には、打田のような死に方はできなかったろう。

死をもって罪を償おうとしたのなら、そんなものに共鳴できるわけがない。しかし、一瞬の煌めきで終わってしまうものだとわかっていながら、打田は手を伸ばし、それを掴み取ろうとした。その確かな決意のようなものを、岸は感ずることができた。打田なりの生き様をそこに見出したのだった。

エピローグ

　空には雲一つなく、穏やかな陽差しが降り注いでいる。冬の乾いた空気を感じようと、岸はコートを脱いだ。

　ベンチの前を、犬の散歩に訪れた老夫婦がゆっくりと通り過ぎる。缶コーヒーを片手に、孝雄がそれを目で追っていた。

　岸が孝雄を呼び出した理由に、彼は気づいているかもしれない。石田から事件の顛末を聞いているらしかったが、彼は何かを察している。缶コーヒーを一口飲む姿は、岸が話し出すのを待っているかのようだった。

「石田には話していないことだが、君には言っておかなければならないことがあるんだ」

　岸はそう切り出し、打田がインサイダーに加担していたことを打ち明けた。孝雄は俯きながら何も言わずに聞いている。それが友人を助けるためであり、ハンス証券のオプション損失が絡んでいること、ビル爆破直前の打田の行動、すべてを伝えた。

　孝雄の顔が上がったのは、しばらくしてのことである。歯をくいしばりながら、感情を抑えているのがわかった。

「そんな弱い人間だとは思っていませんでした」

膝の上に置いた拳をぎゅっと握りしめている。

「俺は打田のやったことを咎《とが》めようとは思っていない。あいつはやってはいけないことをしたが、やらざるを得ない状況だった。勝ち目のない相手と戦い、犠牲になったんだ。でも決して自分を見失わなかった」

「見失わなかった？　インサイダーをやっていたじゃないですか！　いったい何と戦ったというんです。何の犠牲になったというんですか？」

「投資マネーという化け物だ」

孝雄は首を振り、岸を睨みつけた。

「僕には岸さんの言っている意味がわかりません」

「俺はカネを稼ぐためにあの世界に入った。ただそれだけの目的だった。がむしゃらに働き、ファンドに莫大な利益をもたらし、高額なフィーを得た。振り返ると、それは本当に正しかったのだろうかと思っている」

孝雄は、なぜですか？　という顔を岸に向けている。

「ファンドの求めているのは単にカネだった。奇麗ごとを並べて自分たちを正当化しているが、ファンドは所詮、カネの増殖しか考えていない」

「そんなこと普通の企業だって同じじゃないですか。どこも利益を追求してる」

「ファンドと普通の企業には歴然とした違いがある。それがようやくわかったんだ。森林育成事業の人たちが木工製品を作っているのは、それを使ってくれる人たちの喜ぶ顔が見たいからだろう。まっとうな仕事人なら、人を満足させたいと思うはずだ。だが、株の売買で満足するのは誰のためでもない。自分のためだ。奴らが相手にしてるのはパソコン画面に映った数字であり、人ではない」

孝雄が岸を食い入るように見つめている。

「自分の欲求を満たせれば、他人がどうなろうと奴らには関係ないんだ。そこに倫理など存在しない。無秩序で不道徳で不誠実極まりない愚行が世界中で猛威を振るっている。俺はその片棒を担いだ。会社を買いたたくために法律違反すれすれのこともした。役員個人の弱みに付け込み、脅しまがいのこともやった。マスコミを懐柔し扇動もした。すべてカネのためだ。買収された会社の従業員の人生など考えもしない。会社はショーケースに陳列されたモノと同じだ。俺はそんなくだらない世界にいたんだ」

「父も同じことを考えていたんですか？」

訴えかけるように孝雄が言った。

「あいつは真剣に悩んでいた。正義感が誰よりも強かったあいつが、あの世界に向いているわけがなかった。自分の身を顧みず人助けをするような男だ。あいつはそんな自分を捨て去ることができなかった。だからあんなことをしてしまったんだ」

子供のはしゃぎ声が耳に届く。目の前に広がる芝生の上を、のどかな休日の風が渡っている。

思いつめたように孝雄が呟いた。

「父はさぞかし無念だったんでしょうね？」

「俺はそうは思わない。あいつはあいつなりに精一杯生きたんだ。悔やんでいるはずがない」

遠くを見つめる岸の視線の先には、透き通るような青空が広がっている。孝雄の目にも同じ景色が映っているはずだ。今はまだぼんやりとしたものでも、いつかはきっと鮮明な輪郭が浮かび上がるだろう。

「以前からずっと考えていたことなんですが、僕、長野に行こうと思うんです」

陽だまりの中で、孝雄の顔が明るく光っている。

「そこの家具は評判がよくて全国に愛用者がいるんです。見習いをしながら、森林育成事業にも参加していけたらいいなと思っています」

岸は口元を緩める。

「君にはそれがいちばん合ってると思う」

「まだ吹っ切れたわけじゃないんです。そこにしか居場所がなくて——。少し遠くに行って、頭の中を整理したいとも思っているんです。一人前になったら、こっちに戻ってきます」

二人は立ち上がり、芝生の周りの小道を歩き始めた。

「岸さん、これからどうするんですか？」

空を見上げながらコートのポケットに手を突っ込むと、あのビラに手が触れた。エミリエンヌの顔が頭に浮かぶ。バローから引き継いだ部門の担当としてＪＶＭ銀行の役員に昇格した彼女もまた、アレジや打田と同様、大きな渦の中から抜け出すことができない宿命だったのだと岸は感じている。ただひと時でも、彼女がそこから這い出ようとしたことは確かだった。

「監査法人にも警察にも戻らないつもりだよ。まだ決めたわけじゃないけど、個人事務所でもやろうかなと思ってる」

「独立ですか？」

「そんなかっこいいものじゃない。仕事は今のところゼロだからね」

「大丈夫ですよ。岸さんならきっとやっていけます」

ポケットの中でビラを握りつぶし、歩道の脇のゴミ箱に放り捨てた。

その瞬間、思いのほか暖かい南風を全身に感じた。
春一番のようだった。

この作品は二〇一四年三月小社より刊行された
『マモンの審判』を改題し加筆修正したものです。

財務捜査官《ざいむそうさかん》 岸一真《きしかずま》

マモンの審判《しんぱん》

宮城啓《みやぎあきら》

平成30年10月10日　初版発行

発行人――石原正康
編集人――袖山満一子
発行所――株式会社幻冬舎
〒151-0051東京都渋谷区千駄ヶ谷4-9-7
電話　03(5411)6222(営業)
　　　03(5411)6211(編集)
振替00120-8-767643
印刷・製本―株式会社　光邦
装丁者――高橋雅之

幻冬舎文庫

ISBN978-4-344-42801-0　C0193　み-35-1